El cuerpo en que nací

Guadalupe Nettel

El cuerpo
en que nací

EDITORIAL ANAGRAMA
BARCELONA

Este libro fue escrito con el apoyo del Sistema Nacional de Creadores de Arte

Primera edición: octubre 2011
Decimoctava edición: mayo 2023

Diseño de la colección: Julio Vivas y Estudio A

© Guadalupe Nettel, 2011, 2020
c/o Indent Literary Agency
www.indentagency.com

© EDITORIAL ANAGRAMA, S. A., 2011
Pau Claris, 172
08037 Barcelona

ISBN: 978-84-339-7231-6
Depósito Legal: B. 24622-2011

Printed in Spain

Romanyà Valls, S. A.
Verdaguer, 1, 08786 Capellades (Barcelona)

Para Lorenzo y Mateo

Yes, yes
that's what
I wanted,
I always wanted,
I always wanted,
to return
to the body
where I was born.

ALLEN GINSBERG, *Song,*
San José, 1954

I

Nací con un lunar blanco, o lo que otros llaman una mancha de nacimiento, sobre la córnea de mi ojo derecho. No habría tenido ninguna relevancia de no haber sido porque la mácula en cuestión estaba en pleno centro del iris, es decir justo sobre la pupila por la que debe entrar la luz hasta el fondo del cerebro. En esa época no se practicaban aún los trasplantes de córnea en niños recién nacidos: el lunar estaba condenado a permanecer ahí durante varios años. La obstrucción de la pupila favoreció el desarrollo paulatino de una catarata, de la misma manera en que un túnel sin ventilación se va llenando de moho. El único consuelo que los médicos pudieron dar a mis padres en aquel momento fue la espera. Seguramente, cuando su hija terminara de crecer, la medicina habría avanzado lo suficiente para ofrecer la solución que entonces les faltaba. Mientras tanto, les aconsejaron someterme a una serie de ejercicios fastidiosos para que desarrollara, en la medida de lo posible, el ojo deficiente. Esto se hacía con movimientos oculares semejantes a los que propone Aldous Huxley en *El arte de ver*, pero también –y es lo que más recuerdo– por medio de un parche que me tapaba el ojo izquierdo durante la mitad del día. Se trataba de un pedazo de tela con las orillas adhesivas semejantes a las de una calcomanía. El parche era color carne y ocultaba desde la parte superior del párpado hasta el principio del pómulo. A primera vista daba la impresión de que en lugar de globo ocular sólo tenía una superficie lisa. Llevarlo me causaba una sensación opresiva y de injusticia. Era difícil aceptar que me lo pusieran cada mañana y que no había escondite o llanto que pudiera liberarme de aquel suplicio. Creo que no hubo un solo día en que no me resistiera. Habría sido tan fácil esperar a que me dejaran en la puerta de la escuela para quitármelo de un tirón, con el mismo gesto despreocupado con el que solía arrancarme las costras de las rodillas. Sin embargo, por una razón que aún no logro comprender, nunca intenté despegarlo.

Con ese parche yo debía ir a la escuela, reconocer a mi maestra y las formas de mis útiles escolares, volver a casa, comer y jugar durante una parte de la tarde. Alrededor de las cinco alguien se acercaba a mí para avisarme que era hora de desprenderlo y, con esas palabras, me devolvía al mundo de la claridad y de las formas nítidas. Los objetos y la gente con los que me había relacionado hasta ese momento aparecían de una manera distinta. Podía ver a distancia y deslumbrarme con la copa de los árboles y su infinidad de hojas, el contorno de las nubes en el cielo, los matices de las flores, el trazado tan preciso de mis huellas digitales. Mi vida se dividía así entre dos clases de universo: el matinal, constituido sobre todo por sonidos y estímulos olfativos, pero también por colores nebulosos, y el vespertino, siempre liberador y a la vez de una precisión apabullante.

El colegio era, en tales circunstancias, un lugar aún más inhóspito de lo que suelen ser esas instituciones. Veía poco, pero lo suficiente para saber cómo manejarme dentro de aquel laberinto de pasillos, bardas y jardines. Me gustaba subir a los árboles. Mi sentido del tacto superdesarrollado me permitía distinguir con facilidad las ramas sólidas de las enclenques y saber en qué grietas del tronco se insertaba mejor el zapato. El problema no era el espacio, sino los demás niños. Ellos y yo sabíamos que entre nosotros había varias diferencias y nos segregábamos mutuamente. Mis compañeros de clase se preguntaban con suspicacia qué ocultaba detrás del parche —debía ser algo aterrador para tener que cubrirlo— y, en cuanto me distraía, acercaban sus manitas llenas de tierra intentando tocarlo. El ojo derecho, el que sí estaba a la vista, les causaba curiosidad y desconcierto. De adulta, en algunas ocasiones, ya sea en el consultorio del oculista o en la banca de algún parque, vuelvo a coincidir con uno de esos niños parchados y reconozco en ellos esa misma ansiedad tan característica de mi infancia que les impide estarse quietos. Para mí se trata de una inconformidad ante el peligro y la prueba de que tienen un gran instinto de supervivencia. Son inquietos porque no soportan la idea de que ese mundo nebuloso se les escape de las manos. Deben explorar, encontrar la manera de apropiarse de él. No había otros niños así en mi colegio, pero tenía compañeros con otro tipo de anormalidades. Recuerdo a una nena muy dulce que era paralítica, un enano, una rubia de labio leporino, un niño con leucemia que nos abandonó antes de terminar la primaria. Todos nosotros compartíamos la certeza de que no éramos iguales a los demás y de que conocíamos mejor esta vida que aquella horda de inocentes que, en su corta existencia, aún no habían enfrentado ninguna desgracia.

Mis padres y yo visitamos oftalmólogos en las ciudades de Nueva York, Los Ángeles y Boston pero también Barcelona y Bogotá, donde oficiaban los célebres hermanos Barraquer. En cada uno de esos lugares resonaba el mismo diagnóstico como un eco macabro que se repite a sí mismo, postergando la solución a un hipotético futuro. El médico que más frecuentamos oficiaba en el hospital oftalmológico de San Diego, justo detrás de la frontera, donde también vivía la hermana de mi padre. Se llamaba John Pentley y tenía el aspecto de un viejito bondadoso que prepara potingues y receta gotas para la felicidad. Suministraba a mis padres una pomada espesa que ellos esparcían cada mañana dentro de mi ojo. También ponían unas gotas de atropina, sustancia que dilata la pupila a su máxima capacidad y que me hacía ver el mundo de manera deslumbrada, como si la realidad se hubiese convertido en la sala de un interrogatorio cósmico. Ese mismo médico aconsejaba la exposición de mis ojos a la luz negra. Para hacerlo mis padres construyeron una caja de madera en la que cabía perfectamente mi pequeña cabeza, y la iluminaban con un foco de esas características. En el fondo, a manera de un cinemascopio primitivo, circulaban dibujos de animales: un venado, una tortuga, un pájaro, un pavorreal. La rutina tenía lugar por la tarde. Justo después, me quitaban el parche. Quizás así contado pueda parecer divertido, pero la verdad es que yo lo vivía como un auténtico tormento. Hay personas a las que obligan durante su infancia a estudiar un instrumento de música o a entrenarse para competiciones de gimnasia; a mí se me entrenaba a ver con la misma disciplina con que otros preparan su futuro como deportistas.

Pero la vista no era la única obsesión en mi familia. Mis padres parecían tomar la infancia como una etapa preparatoria en la que deben corregirse todos los defectos de fábrica con los que uno llega al mundo y se tomaban esa labor muy en serio. Recuerdo que una tarde, durante una consulta al ortopedista –quien carecía a todas luces de conocimientos de psicología infantil–, se le ocurrió asegurar que mis esquiotibiales eran demasiado cortos y que eso explicaba mi tendencia a encorvar la espalda como si intentara protegerme de algo. Cuando miro las fotos de aquella época me parece que la curvatura en cuestión era apenas perceptible en las poses de perfil. Mucho más notoria resulta mi cara tensa y al mismo tiempo sonriente, como la que puede percibirse en algunas imágenes que tomó Diane Arbus de los niños en los suburbios neoyorquinos. Sin embargo, mi madre adoptó como un desafío personal la corrección de mi postura, a la que se refería con

15

frecuencia con metáforas de animales. De modo que a partir de entonces, además de los ejercicios para fortalecer el ojo derecho, incorporaron a mi rutina diaria una serie de estiramientos para las piernas. Tanto parecía llamarle la atención esa tendencia mía al enconchamiento que terminó encontrando un apodo o «nombre de cariño» que, según ella, correspondía perfectamente a mi manera de caminar.

—¡Cucaracha! —gritaba cada dos o tres horas—, ¡endereza la espalda!

—Cucarachita, es hora de ponerse la atropina.

Quiero que me diga sin tapujos, doctora Sazlavski, si un ser humano puede salir indemne de semejante régimen. Y si es así, ¿por qué no fue mi caso? Mirándolo bien, no es algo tan extraño. Muchas personas deben padecer durante su niñez ese trato correctivo que no responde sino a las obsesiones más o menos arbitrarias de los padres: «No se habla así sino de esta otra manera», «No se come de esa forma sino de esta otra», «No se hacen tales cosas sino tales otras», «No se piensa esto sino aquello». Quizás en eso radique la verdadera conservación de la especie, en perpetuar hasta la última generación de humanos las neurosis de nuestros antepasados, las heridas que nos vamos heredando como una segunda carga genética.

Más o menos a la mitad de todo este entrenamiento un hecho importante tuvo lugar en nuestra estructurada vida de familia: una tarde, muy poco antes de las vacaciones de verano, mi madre trajo al mundo a Lucas, un niño rubio y rollizo que la entretuvo bastante y que logró distraer su actividad correctiva al menos

16

por unos meses. No hablaré demasiado de mi hermano pues no es mi intención contar o interpretar su historia como tampoco me interesa contar ni interpretar la de nadie, excepto la mía. Sin embargo, para desgracia de mi hermano y de mis padres, buena parte de su vida se entrelaza con la mía. Aun así, quisiera aclarar que el origen de este relato radica en la necesidad de entender ciertos hechos y ciertas dinámicas que forjaron esta amalgama compleja, este mosaico de imágenes, recuerdos y emociones que conmigo respira, recuerda, se relaciona con los otros y se refugia en el lápiz como otros se refugian en el alcohol o en el juego.

Un verano, finalmente el doctor Pentley anunció que podíamos dejar atrás el uso cotidiano del parche. Según él, mi nervio óptico se había desarrollado hasta el máximo de su capacidad. Sólo quedaba esperar a que terminara de crecer para poder operarme. Aunque han pasado ya casi treinta años desde entonces, no he olvidado ese momento. Era una mañana fresca iluminada por el sol. Mis padres, mi hermano y yo salimos de la clínica tomados de la mano. Muy cerca de allí había un parque al que fuimos a pasear en busca de un helado, como la familia normal que seríamos –o al menos eso soñábamos– a partir de ese momento. Podíamos felicitarnos: habíamos ganado la batalla por resistencia.

Entre los buenos momentos que tuve con mi familia recuerdo en particular los fines de semana que pasamos juntos en nuestra casa de campo, situada en el estado de Morelos, a una hora de la Ciudad de México. Mi padre había adquirido aquel terreno justo des-

17

pués del nacimiento de mi hermano y construyó una casa diseñada por mi madre con ayuda de un prestigioso arquitecto. Llevados por no sé qué sueños románticos, levantaron un establo y una caballeriza. Sin embargo, los únicos animales que llegamos a tener fueron un pastor alemán y una buena cantidad de gallinas muy aplicadas en la producción de huevos. Por más que insistí, nunca logré que compraran borregos ni ponis. La relación que teníamos con la Betty, nuestra perra de fin de semana, era amorosa y distante a la vez. Nunca sentimos la responsabilidad de educarla, sacarla a pasear o alimentarla y por lo tanto, aunque nos trataba muy cariñosamente, su fidelidad canina le pertenecía al jardinero. Detrás de la granja había un arroyo transparente donde solíamos bañarnos con bolsas de plástico para cazar renacuajos y ajolotes, esos animales misteriosos que Cortázar habría de mitificar en un cuento. Mi hermano y yo pasábamos más de cinco horas al día metidos en el agua con las botas de plástico y el traje de baño puestos. Ahora, treinta años más tarde, resulta impensable bañarse en ese río lleno de excrementos y residuos tóxicos. Una de las maravillas de esa casa era la abundancia de sus árboles frutales, sobre todo mangos, limones y aguacates. Muchas veces, al volver a la ciudad, llevábamos en el coche cajas de esta última fruta para vender en los departamentos vecinos. Mi hermano y yo nos encargábamos de esa tarea y así juntábamos unos buenos ahorros que despilfarrar durante las vacaciones.

Por esas fechas –yo debía estar comenzando la primaria– empecé a adquirir el hábito de la lectura. Había empezado a leer un par de años atrás, pero, dado que ahora tenía un acceso continuo al universo nítido al que pertenecen las letras y los dibujos de los libros infantiles, decidí aprovecharlo. Leía cuentos principalmente, algunos más o menos largos, como los de Wilde y los de Stevenson. Prefería las historias de suspenso o de miedo, como *El retrato de Dorian Gray* o *El diablo en una botella*. También leía con frecuencia un volumen de leyendas bíblicas que tenía mi padre –igual o más aterradoras–, como aquella en la que la princesa Salomé decide decapitar al hombre que tanto deseaba o aquella en la que arrojan a Daniel a la fosa de los leones. El paso a la escritura se dio naturalmente. En mis cuadernos a rayas, de forma francesa, apuntaba historias en las que los protagonistas eran mis compañeros de clase que paseaban por países remotos donde les sucedían toda clase de calamidades. Aquellos relatos eran mi oportunidad de venganza y no podía desperdiciarla. La maestra no tardó en darse cuenta y, movida por una extraña solidaridad, decidió organizar una tertulia literaria para que pudiera expresarme. No acepté leer en público sin antes asegurarme de que algún adulto se quedaría a mi lado esa tarde hasta que mis padres vinieran a buscarme, pues era probable que a más de uno de mis compañeros le diera por ajustar cuentas a la salida de clases. Sin embargo, las cosas ocurrieron de forma distinta a como yo esperaba: al terminar la lectura de un relato en el que seis compañeritos morían trágicamente mientras intentaban escapar de una pirá-

19

mide egipcia, los niños de mi salón aplaudieron emocionados. Quienes habían protagonizado la historia se aproximaron satisfechos a felicitarme, y quienes no, me suplicaron que los hiciera partícipes del siguiente cuento. Así fue como poco a poco adquirí un lugar particular dentro de la escuela. No había dejado de ser marginal, pero esa marginalidad ya no era opresiva.

Eran los años setenta y mi familia había abrazado algunas de las ideas progresistas que imperaban en ese momento. Mi escuela, por ejemplo, era uno de los pocos colegios Montessori de la Ciudad de México (ahora hay uno en cada esquina). Sé que en esa época había instituciones donde los niños podían hacer literalmente lo que les diera la gana. Podían, para no ir más lejos, incendiar las aulas de clase sin por ello ir a la cárcel ni sufrir castigos contundentes. En mi escuela, en cambio, no teníamos ni una libertad absoluta ni una asfixiante disciplina. No había pizarrón ni pupitres dispuestos frente a la maestra, que, por cierto, no respondía a ese mote sino al de «guía». Los niños contábamos con una mesa verdadera, un escritorio que nos pertenecía, al menos durante ese año, y sobre el cual era lícito dejar marcas distintivas, dibujos o calcomanías, siempre y cuando no dañáramos el mobiliario irreparablemente. Junto a las paredes había libreros y repisas en los que se guardaba el material de trabajo: mapas de madera a modo de rompecabezas con todos los países y las banderas del mundo; tablas de multiplicar semejantes al Scrabble, letras con texturas, campanas de diferentes tamaños, figuras geométricas de metal, láminas plastificadas con las diversas partes de la anatomía humana y sus nombres, por mencionar algunos. Antes de utilizarlos, cada niño debía pedir instrucciones a la guía. Poco importaba lo que uno hiciera durante la mañana con tal de que trabajara en algo o por lo menos lo fingiera. Varias veces al año se celebraban reuniones de todas las familias y era entonces cuando uno conseguía medir los estragos que aquella década desatada había causado en cada una. A esas fiestas acudían por ejemplo niños cuyos padres vivían en trío o en otras situaciones de poligamia y, en vez de sentirse avergonzados, se jactaban de ello. Los nombres de mis contemporáneos constituyen otro vestigio elocuente de esa época. Algunos respondían a las tendencias ideológicas de la familia, como «Krouchevna», «Lenin», incluso «Soviet Supremo», a quien apodamos «el Viet». Otros a creencias religiosas, como «Uma» o «Lini», cuyo nombre completo hacía honor a la serpiente energética de la India, y otros a cultos más personales como «Clítoris». Éste era el nombre de una niña hermosa e inocente –hija de un escritor infrarrealista– que no comprendía aún el agravio que le habían hecho sus padres y que, para su desgracia, no contaba con ningún apodo.

Por fortuna, mi familia no era tan estrafalaria. Tenían ideas bizarras acerca de nuestra educación, pero nada que pudiera afectarnos de forma irremediable. Entre las consignas particulares que se habían impuesto, estaba la de no mentirnos. Decisión absurda –desde mi punto de vista– que lograron respetar durante algunos años en cosas no tan fundamentales, como la inutilidad de la religión, la existencia de Santa Claus, en quien nunca nos permitieron creer, o la forma en que los niños vienen al mundo. Vivir bajo esas condiciones también nos situaba al margen de la mayoría: si a alguna edad es posible disfrutar la época ominosa que sobreviene al final de cada año –los villancicos en el supermercado, los pinos decorados en las ventanas, y todo lo que constituye a la así llamada «magia de la Navidad»– a nosotros se nos privó de ello. Cada vez que un hombre gordo con barba postiza y el característico traje rojo aparecía en los pasillos de los centros comerciales a los que acudíamos, mis padres se acuclillaban para susurrarnos al oído que se trataba de un impostor, «un señor disfrazado sin otra manera de ganarse la vida». Con esas pocas palabras convertían al fabuloso Santa en un ser lastimero, por no decir patético. Nuestros compañeros de escuela, en cambio, sí creían en toda esa parafernalia y por supuesto la disfrutaban. Con toda inocencia, escribían sus cartas de fin de año, pidiendo tal o cual regalo, cartas a veces exageradas que sus padres procuraban cumplir al pie de la letra. Varios de esos papás se acercaron a nosotros a la salida de clase para suplicarnos que no reveláramos el secreto. Mi hermano y yo debíamos mordernos la lengua, resistir a la enorme tentación de desengañarlos. He de reconocer que también sentía cierta nostalgia de aquella ilusión. Me parecía una injusticia no poder creer en los cuentos navideños como todos los demás. El día 25 nosotros encontrábamos, debajo del pino, regalos que nuestros padres habían dejado sobre aviso durante la noche. Están, entre los más memorables, un triciclo rojo que usé hasta los cinco años y también un par de binoculares que inauguraron toda una vocación de vida: nuestro departamento estaba situado en un conjunto de edificios y las ventanas de los vecinos constituían un menú casi ilimitado. El aumento de esos gemelos no era muy poderoso pero permitía ver de forma aproximada lo que sucedía en los alrededores. No sé si al elegir este obsequio mis padres fueron conscientes de ello, pero para mí se trató de una pequeña compensación por los años en que habían limitado mi vista con el parche. Gracias a esta maravillosa herramienta yo pude entrar durante años en las viviendas ajenas y observar cosas a las que los demás no tenían acceso.

Otra de las ideas dominantes en mi familia era la de otorgarnos una educación sexual libre de tabúes y represiones de cualquier índole. Ésta se llevaba a cabo a través de un diálogo abierto y en ocasiones excesivamente franco sobre el tema, pero también por medio de relatos alegóricos. Durante muchas noches –aunque también podía ocurrir a mitad de la tarde si lo consideraba oportuno– mi madre me contaba una historia de su propia y sorprendente inspiración, aclarando, eso sí, que se trataba de un relato ficticio con propósitos educativos. Recuerdo por ejemplo su versión muy peculiar de «La bella durmiente» más o menos así:

Una tarde fría, de invierno, la reina llamó alarmada al doctor de la corte para explicarle que hacía más de dos meses que no menstruaba. El médico, asombrado de la ingenuidad de su soberana, le respondió: «Su majestad debería saber a estas alturas que si una mujer –noble o plebeya– no sangra durante más de treinta días seguidos,

23

lo más probable es que se encuentre preñada.» Esa tarde el rey y la reina anunciaron la noticia a los súbditos: muy pronto habría un heredero al trono. Y fue así como en menos de nueve meses nació una bella princesita a la que llamaron Aurora.

Lo que sucedía después: la rueca envenenada, el sueño de la princesa y todo lo demás, dejaba de tener importancia después de un inicio como ése. Sin embargo, el cuento no explicaba del todo el asunto. Al poco tiempo, esa información empezó a resultarme incompleta y por lo mismo inquietante. ¿Cuál era exactamente la naturaleza de la regla? ¿Por qué razón podía una reina quedar encinta? ¿Qué relación tenía el sangrado femenino con la fabricación de un bebé? La historia no aclaraba todo eso. Mis padres no querían mentirnos al respecto, pero tampoco les resultaba fácil luchar, como pretendían, contra la tradición de misterio en la que ellos mismos habían sido educados. Para facilitarse la empresa nos regalaron una colección de libros que explicaban la anatomía detallada de los hombres y las mujeres, así como las relaciones sexuales y su consecuencia. Sin embargo, antes de que tuviera tiempo de asimilar el tema de la reproducción, mis padres se apresuraron a explicarnos que el uso de los genitales no estaba únicamente destinado a ese fin, sino a otros recreativos como el sexo. Si bien los hijos eran producto del coito, el objetivo de un encuentro como ése no era el de engendrar nuevas vidas, al menos no en la mayoría de los casos.

En vez de adquirir claridad, las cosas se volvían cada vez más confusas y desesperantes.

–Entonces –preguntaba yo camino a la escuela, desde el asiento trasero del coche, intentando recapitular–, ¿para qué tiene la gente relaciones sexuales?

–Para sentir placer –respondían al unísono los dos adultos sentados en la parte de delante.

Mientras mi hermano se entregaba absorto a la contemplación de los coches que circulaban por la calle, yo volvía al ataque:

–¿Pero qué quiere decir eso?

–Algo que nos gusta mucho, como bailar o comer chocolates.

¡Comer chocolates! Con una respuesta así, lo más probable es que a una niña se le antojara encerrarse esa misma mañana en el baño del colegio con el primer varón que encontrara en su camino. ¿Por qué a nadie se le ocurrió responder, doctora Sazlavski, que las relaciones sexuales se tienen por amor y que son una forma alternativa de demostrarlo? Quizás habría sido un poco más preciso y menos inquietante, ¿no le parece? Es de suponer que al contarnos todas esas cosas se sentían más responsables y evolucionados que sus propias familias y esa satisfacción les impedía ver el desasosiego que generaban en mi mente. No les quito razón, pero siento que, al menos en lo que a mí respecta, esa «educación» fue demasiado precoz (yo tenía seis años) y también un poco agobiante. En cambio mi hermano, quien tenía apenas tres, pasó por encima de todo esto como quien sube a una barca veinte minutos antes de que estalle un tsunami y permite con tranquilidad inocente que la ola le pase por debajo.

A diferencia del secreto navideño que mi hermano

y yo sí respetábamos, decidí que nadie a mi alrededor quedaría desinformado de la cuestión reproductora. Al punto que inventé un periódico mural, cuya primera edición estuvo enteramente dedicada a ese tema. El equipo de redacción lo conformaban tres hermanas de apellido Rinaldi cuyos padres eran aún más liberales que los míos. La dueña de la escuela, una mujer muy amable y en cierta medida indulgente, nos permitió colgarlo durante varios días. Sin embargo, muy pronto se vio inhibida por las quejas de los padres más conservadores, quienes llegaron a amenazarla con sacar a sus hijos de la escuela. Otras familias salieron en nuestra defensa. Por primera vez escuché hablar de la libertad de expresión, una quimera tan obsoleta en mi país como la de Quetzalcóatl, la serpiente emplumada.

Las hermanas Rinaldi habían estado siempre en el colegio pero nunca habíamos coincidido en un salón de clases. Entablamos amistad durante una de esas comidas de Fin de Año que se llevaban a cabo en una casa de campo. Nuestros padres respectivos simpatizaron de inmediato y decidieron reunirse un par de fines de semana. Viajamos juntos a Cuernavaca y a Valle de Bravo. Las Rinaldi eran rubias, pecosas y dotadas de un sorprendente sentido del humor. La mayor se llamaba Irene y cursaba el mismo grado que yo, pero en un grupo distinto. Pasaba los recreos de manera clandestina en la azotea de la escuela, lejos del bullicio del patio y absorta en sus propios juegos. Como yo, tampoco le tenía miedo a las alturas. No tardamos en hacernos muy buenas amigas. Su familia vivía en la subida al cerro del Ajusco que en ese tiempo se consideraba todavía las afueras de las ciudad. La casa, aún en construcción, constaba de una estancia con cocina americana, un taller de escultura en el que trabajaba su madre, una sala comedor y dos grandes tapancos, situados frente a frente, que fungían como dormitorios sin cortinas ni puertas. Como si esto no bastara, los padres de Irene tenían la costumbre de ceder a sus impulsos sexuales delante de sus hijas y sin importar el lugar de la casa en el que estuvieran. En una ocasión, a mí también me tocó verlos en pleno aquelarre mientras las niñas mirábamos las caricaturas en la sala de estar. Las tres hermanas siguieron absortas delante de la tele, actuando como si nada ocurriera a nuestro alrededor. Yo, en cambio, me quedé de piedra, mirando fijamente el espectáculo. Se trataba de la demostración práctica de una teoría que había estado escuchando varios meses. Y, sin embargo, era difícil relacionar lo que ocurría frente a mis ojos con los libros sobre anatomía y reproducción. Me pregunté si en ese momento los padres de Irene estaban haciendo a una cuarta hermanita o si sólo era una forma de pasársela bien. Pero ¿cómo podía alguien «pasársela bien» de esa manera tan extraña? Sus movimientos se parecían más a los de una lucha cuerpo a cuerpo como las que mi hermano y yo teníamos con frecuencia para determinar la propiedad de un juguete. Pujidos, gritos, mordidas, llaves de judo. ¿Qué relación podía tener esto con comer chocolates? El espectáculo era tan violento que Max, el perro de la casa, un pekinés malencarado, con colmillos muy filosos, se acercó para intentar detenerlo, tirando de la camiseta del Gonzalo Rinaldi que montaba ale-

27

gremente la grupa de su esposa. Al sentir el mordisco en la espalda, el papá de Irene se volvió con expresión de dolor y de una patada lanzó al animal al suelo. Entonces Andrea, la hermana de en medio, soltó la carcajada y yo no pude sino hacer lo mismo. Las otras dos se unieron después a esa risa nerviosa que no lográbamos detener. ¿Dónde estarán estas chicas ahora? ¿Habrán sobrevivido honrosamente a la década de los setenta? Eso espero de todo corazón. Sin embargo, no me extrañaría descubrir que alguna de ellas se encuentra ahora internada en un psiquiátrico y tampoco que alguna se haya transformado en una mojigata. Se dice que el giro tan conservador que dio la generación a la que pertenezco se debe en gran medida a la aparición del sida; yo estoy segura de que nuestra actitud es en buena parte una reacción a la forma tan experimental en que nuestros padres encararon la vida adulta.

Como dije antes, mi familia y yo vivíamos en un conjunto habitacional constituido por casi veinticinco edificios. A pesar de ello, era un lugar agradable para pasar la infancia. Cada edificio contaba con un área verde donde los niños sociables se reunían por las tardes para jugar y los asociales nos dedicábamos a mirarlos desde lejos. También había una explanada muy amplia en la que era posible patinar o andar en bicicleta, un espacio con columpios y otros juegos metálicos por el estilo. En la época del parche me gustaba subir sola la escalinata de un tobogán de casi dos metros por el que solía resbalarme. Más de una vez ocurrió que, en lugar

28

de embocar la bajada de hierro, cayera de lado hacia el suelo, pero yo era una niña intrépida y la incertidumbre provocada por mi condición volvía esos juegos aún más interesantes. Todavía conservo sobre mi sien derecha una cicatriz causada por el golpe de un sube-y-baja que no se detuvo ante mi temerario paso. Otra de esas heridas me la hizo un columpio a toda velocidad que reventó en mi cabeza justo abajo de la oreja izquierda. Los límites de la unidad estaban marcados al este por la avenida Insurgentes y al oeste por un club deportivo ubicado en el mismo lugar donde años atrás se habían llevado a cabo las Olimpiadas de 1968. Sus instalaciones contaban con un pista de tartán y una alberca de cien metros. También había una pirámide, una iglesia –habría sido más democrático poner una sinagoga– y un supermercado estatal de dimensiones enormes para la época.

De todos los rincones de aquel lugar, mi preferido era un árbol situado justo frente a mi edificio y cuyas ramas alcanzaban el departamento en el que vivíamos. Se trataba de un pirul muy antiguo arraigado sobre un montículo de rocas volcánicas. Un árbol espectacular por el ancho de su tronco y la espesura de su follaje. La sensación que me daba al trepar en él era de desafío y al mismo tiempo de cobijo. Tenía la seguridad de que ese árbol no iba a permitir jamás que yo cayera de sus ramas y por eso las escalaba hasta la copa con una tranquilidad pasmosa para quienes miraban desde abajo. Se trataba de un lugar de refugio en el que no era necesario encorvar la espalda para sentirse a salvo. En esa época yo tenía la necesidad constante de defenderme de mi entorno. Por ejemplo, en vez de jugar con los demás chicos en la plaza, pasaba las tardes en los tendederos de las azoteas a los que casi nadie subía. También prefería acceder a mi casa, situada en el quinto piso, por la escalera del fondo y no por los ascensores donde uno podía quedar atrapado durante horas con algún vecino. En ese sentido –mucho más que en el aspecto físico– me asemejaba efectivamente a las cucarachas que generalmente caminan por los márgenes de las casas y los conductos subterráneos de los edificios. Era como si en algún momento hubiera decidido construir una geografía alternativa, un territorio secreto dentro de la unidad por el cual pasear a mis anchas sin ser vista.

Una de las hermanas de mi madre, la que más nos visitaba y por la que siempre sentí un especial afecto (una mujer de sensibilidad excepcional, amante de lo grotesco y de lo escatológico, de la poesía de Borges, las novelas de Rabelais y la pintura de Goya), se sentía inspirada por mi actitud subrepticia y llegó a inventar un relato que nos contaba por las noches, después de leer *Gargantúa y Pantagruel* en versión infantil. El cuento describía la aventura de Perla, una niña muy hermosa sujeta a un atroz estreñimiento. Una tarde, sin embargo, sus padres se ausentan un par de horas para ir al supermercado y Perla decide no levantarse de la bacinica hasta lograr expulsar todas las heces que tenía almacenadas en el cuerpo. Quizás inspirada por el maravilloso silencio que había en la casa o por la sensación relajada y placentera que le producía estar sola, la caca empezó a salir, primero discretamente como bolitas de conejo y luego más parecida a albóndigas blandas y de tamaño considerable, hasta derramarse del recipiente de plástico sobre el que Perla se había sentado. «Ploc, ploc», se escucha el ruido de las heces cayendo a mitad de la tarde. La caca rueda así por las habitaciones y después de invadir el departamento empieza a correr en forma de torrente por las escaleras del edificio, las aceras, las plazas del conjunto habitacional, «¡ploc, ploc!», para llegar muy pronto a la avenida Insurgentes, desde la cual se expande irremediablemente por toda la ciudad. La historia de Perla puede verse como un cuento premonitorio que describía la situación que iba a caracterizar, desde entonces, a nuestra querida Ciudad de México, ahora invadida por los desagües averiados y por los basureros.

Las escaleras de mi edificio jugaron un papel en mi educación que mis padres nunca sospecharon. Se trataba de un lugar bastante fresco y solitario, iluminado apenas lo indispensable por unas ventanas de vitroblock. En ellas, casi por casualidad, llevé a cabo un descubrimiento importante relacionado con mi cuerpo. Ocurrió durante unas vacaciones en las que hacía mucho calor. Uno de mis juegos favoritos consistía en subir a saltos, de dos en dos, los escalones de barro y bajar resbalando por el barandal de hierro que había para detenerse. Era algo que yo había practicado muchas veces pero de manera bastante inocua. Sin embargo, esa tarde, por una razón que no sabría explicar, la sensación se reveló sorprendentemente agradable. Era como un cosquilleo, justo arriba de la entrepierna, que exigía repetirlo una y otra vez, cada vez más rápido. Todo era contrastante: la sensación de estar oculta ahí, al abrigo de las miradas, y, al mismo tiempo, el peligro de que alguien pasara y me encontrara entregada a ese juego que adivinaba inadecuado; lo fresco del barandal y el calor de la fricción provocaban en mi cuerpo un escalofrío adictivo. Aquellas sensaciones me abrieron, en cuestión de segundos, las puertas al mundo paradisíaco del onanismo, como quien accede a una segunda dimensión o descubre una sustancia psicodélica. Lo último que se me ocurrió en ese momento fue relacionarlo con los largos y aburridos discursos de mis padres sobre las funciones del sexo. Tanto es así que una tarde, con toda inocencia, le revelé a mi madre el motivo por el cual pasaba tanto tiempo en las escaleras de servicio y, para mi sorpresa (probablemente para la suya también, doctora Sazlavski), no le pareció ninguna buena idea que su hija se masturbara en un espacio tan expuesto como aquel por el que nadie circulaba, aunque lo hiciera con ropa y fingiendo jugar a cualquier otra cosa. Su reacción fue mucho más cercana a la vergüenza que a la celebración y, como si se tratara de algo casi reprobable, me pidió que hiciera «eso» únicamente en mi cuarto en el que, por cierto, también dormía mi hermano. Así fue como, en plena década de los setenta, me incorporé a la ancestral tradición de los onanistas de clóset, esa legión de niños que rara vez asoman la cabeza por arriba de las sábanas. Debo admitir, sin embargo, que mi obediencia no fue completa. Volví muchas veces a la escalera, muchas más de las que imagina mi madre, redoblando la vigilancia para que nadie me viera entregada al refrescante ritual. Me sorprende todavía recordar las cosas que me excitaban en esos primeros años. Se trataba de eventos poco predecibles como palabras, entonaciones de la voz, o presenciar un beso en la vía pública, pero también ciertos sonidos como el silbato del camotero o el afilador de cuchillos. Todas esas nimiedades eran una llamada para correr al barandal o a mi cuarto. Algunas veces me encuentro con cachorros de perro que ante cualquier posibilidad de fricción se abandonan públicamente a los placeres de Onán. Yo era así a los seis años. Una niña incontinente que sucumbía a una especie de deseo por los muebles, los brazos del sillón, la orilla de la mesa, el borde frontal del lavamanos, los tubos de metal que sostenían los columpios.

Aunque nadie me lo dijo, no tardé en comprender que el sexo no era únicamente una cuestión de placer como los chocolates: también podía ser la manera de lastimar de forma muy profunda y definitiva a otra persona. Lo descubrí gracias a la costumbre que tenía en aquel entonces de escuchar detrás de las puertas. Una tarde la vecina del cuarto izquierda visitó mi casa. Se trataba de la madre de dos niñas que vivían en el piso de abajo, en un departamento limpio y muy bien arreglado, cuyos acuarios enormes recuerdo perfectamente, dos hermosas niñas argentinas de pelo oscuro y ojos gatunos de color azul intenso. En varias ocasiones habíamos coincidido en la plaza e intercambiado un par de gestos amables, aunque discretos. Sobra decir que ese conjunto de edificios, lleno de jardines en apariencia bucólicos, poseía también una dimensión macabra y en ocasiones peligrosa. Como dije antes, un rasgo peculiar de nuestra unidad es que había servido para recibir a los atletas durante el 68. Esa fecha y esas Olimpiadas constituyen, como todo el mundo sabe, el símbolo de la peor masacre cometida en México y el anuncio de la ola de represión que caracterizó al continente en la década de los setenta. Y sin embargo –por paradójico que esto suene– esos edificios estaban repletos de sudamericanos de izquierda que habían llegado a México para no ser asesinados en sus países fascistas (así nos lo había explicado mi madre con un tono solemne en la voz). Volviendo a la vecina, recuerdo que en esa ocasión se la veía demacrada. Mi madre la sentó en la sala con mucha dulzura y le ofreció un té, mientras me pedía de manera tajante que me fuera a jugar a mi cuarto. Poco a poco, entre sollozos y frases indirectas que alcancé a escuchar desde el pasillo, la vecina fue contando que el día anterior, en el jardín donde yo solía bañar a mis muñecas, un empleado de la limpieza había «abusado» de su hija Yanina en plena luz del día. En ese momento, no entendí la manera en que habían ocurrido las cosas, lo que sí comprendí es que a la niña le habían hecho algo horrible e irremediable. También comprendí que esa mujer estaba ahí, a pesar de todo su dolor, para pedirle a mi madre que redoblara la vigilancia, es decir, para evitar que a mí me ocurriera lo mismo. Cuando la vecina se fue, intenté obtener más información, pero mamá prefirió cambiar de tema. No hubo poder humano que la convenciera de explicarme lo que había sucedido con la niña de abajo. Sólo en la noche, cuando mi padre volvió de la oficina y pensaban que estábamos dormidos, mamá le contó lo ocurrido y así pude enterarme de algunos detalles. Mi padre estuvo de acuerdo en que era mejor no decirnos nada, pero desde entonces empezaron a bajar con nosotros a la plaza. Estuve llorando toda la noche mientras pensaba en Yanina, en lo terrible que podía ser el sexo y en el miedo a sufrir algo semejante. Fue la primera vez que me enfrenté a un tabú y comprendo que haya sido así aunque me gustaría que me dijera, doctora Sazlavski, ¿no es mucho peor el efecto del silencio en niños acostumbrados a saber y a preguntarlo todo? ¿No habría sido más conveniente informarnos acerca de los peligros que acechan a los menores, o al menos más pertinente que sembrar la confusión sobre cuestiones que no están relacionadas con las experiencias cotidianas de una mujer de siete años? Yanina nunca volvió a ser la misma. De ser una niña coqueta y extremadamente femenina, empezó a refugiarse en la ropa amplia y en una cara de pocos amigos. Luego se cortó el pelo como un varón y empezó a engordar como si quisiera esconder bajo la grasa las formas prematuramente desarrolladas de su cuerpo. Pocos meses después su familia se mudó a un conjunto más pequeño y con mayor seguridad.

La libertad sexual terminó por perjudicar a mi familia cuando mis padres adoptaron una práctica muy de moda durante los años setenta: la entonces famosa «apertura de pareja». «Abrir la pareja» consistía básica-

35

mente en la abolición de la exclusividad –una regla a mi parecer fundamental para la preservación del matrimonio–. A partir de un acuerdo común, del que, insisto, ni mi hermano ni yo fuimos informados, cada uno de mis padres adquirió el derecho de ir a copular con quien le diera la gana o, como se dice habitualmente, de «hacer con su culo un florero». ¿Por qué no se nos avisó de esto, doctora? Quizás ellos mismos no estaban convencidos de la conveniencia de esa nueva regla o quizás se dieron cuenta de que el tema de la sexualidad ya nos había rebasado. En cambio, sí nos presentaron a una gran cantidad de amigos nuevos que aparecían por la casa, saludaban y se iban, casi tan rápido como habían llegado. Con el paso del tiempo y ayudada, una vez más, por la práctica de escuchar tras las paredes, no tardé en descubrir la nueva situación y por supuesto tampoco dejé de contárselo a mi hermano. Ellos lo justificaban ante otros adultos argumentando que la propiedad privada era escandalosa y, aunque no era posible erradicarla de manera general, al menos podían contribuir con poner sus cuerpos al alcance de otras almas necesitadas de afecto. Había una máxima en aquella década descarriada y confusa: «un vaso de agua y un acostón no se le niegan a nadie», no sé si usted la recuerda. Lo importante, según ellos, era mantener la lealtad con la pareja y hacerla partícipe, por medio de un relato pormenorizado, de cada uno de sus encuentros extramatrimoniales. Digan lo que digan, estoy segura de que este régimen terminó por instaurar la discordia entre ellos.

Así, poco tiempo después del bombardeo informativo sobre el sexo y sus vicisitudes, en nuestra vida cotidiana surgió una cuestión más polémica y, desde mi punto de vista, también más angustiante. Con el pretexto de que los padres de un niño de mi escuela acababan de divorciarse, a la hora de ir a la cama y leer el cuento de cada noche, mamá y papá introdujeron en nuestro cuarto un libro nuevo que explicaba con dibujos cómo una sola familia podía tener dos casas. Poco a poco mi capacidad deductiva me llevó a comprender que si insistían tanto en el tema era porque a nosotros también nos estaba sucediendo. A pesar de todos sus errores, reconozco que mis padres tuvieron el buen gusto de no pelearse jamás en nuestra presencia. No tengo idea de cuán sangrientas e insidiosas hayan llegado a ser sus discusiones. Lo que sí puedo decir es que frente a mi hermano y a mí siempre se comportaron con cordialidad y recato, y no me alcanzarán los años de vida para agradecerlo. Quizás haya sido por eso por lo que la noticia resultó tan incomprensible para nosotros y también tan dolorosa. Por más libros que hayan puesto entre mis manos, por más explicaciones previas, tardé casi una década en comprender que habrían de vivir separados definitivamente. Una mañana de finales de junio –las vacaciones ya habían empezado– apareció por la casa un empleado de mi padre con la extraña consigna de sacar todos sus libros, discos y ropa del departamento. Recuerdo que levanté el teléfono y llamé a mi papá para cerciorarme de que esa orden venía efectivamente de él. No lo interpreté como el acto de evidente cobardía que era ni imaginé lo difícil que debía resultarle hacerlo por sí mismo; al contrario, pensé que, para él, sacar sus cosas de la casa era algo de tan poca importancia que había optado por encargárselo a otro.

Así fue como mi padre emigró para siempre del departamento. Nos lo habían explicado muchas veces pero, al menos en lo que a mí respecta, me hizo falta encontrarme con un librero vacío en la sala para poder comprenderlo, un librero donde durante toda mi vida habían estado los discos de zarzuela, ópera, jazz, los Beatles, Simon & Garfunkel; la colección entera de la revista *LIFE,* la enciclopedia Larousse, las obras completas de Freud y de Lacan y ya no recuerdo cuántas cosas más que impregnaban la casa de la personalidad ecléctica y dicharachera de mi padre. Durante todas esas conversaciones preparatorias yo había mostrado la máscara de la hija comprensiva que en vez de reaccionar razona y prefiere mutilarse un dedo antes que contrariar a sus ya contrariados padres. ¿Por qué hice eso, doctora? Explíquemelo usted. ¿Por qué estúpida razón no armé el escándalo que correspondía? ¿Por qué no les dije lo que realmente estaba sintiendo? Y, sobre todo, ¿por qué no los amenacé con suicidarme o dejar de comer si llegaban a separarse? ¿No ve en esa actitud tan acartonada y complaciente de mi parte un signo premonitorio de toda mi patología actual? Quizá, de haber actuado como correspondía, hubiera podido intervenir positivamente en su decisión de desmembrar nuestra familia y, sobre todo, evitar la debacle que poco después habría de venírsenos encima y que en aquel entonces nadie sospechaba. El mismo día en que mandó al empleado a sacar sus cosas de la casa, papá había firmado el contrato de arrendamiento de una casa de dos plantas con tres habitaciones y un pequeño jardín en un barrio adinerado del sur de la ciudad. A pesar de que compró muebles nuevos y procuró acondicionarla en poco tiempo, la casa nunca llegó a estar habitada. Mi sensación, al menos, era que se trataba de un refugio temporal en el que no permanecería mucho tiempo. ¿Qué puedo decir de mi padre? Antes que nada que se trata de una de las personas más generosas que he conocido en este mundo. Aunque se enojaba de forma bastante explosiva y en ocasiones aterradora, muy rápido volvía a su temperamento entusiasta y a su peculiar sentido del humor. Se sabía de memoria una enorme cantidad de historias tomadas de *Las mil y una noches*, de Herodoto y de la Biblia. Solía cantarnos canciones como «Bodas negras» de Julio Jaramillo, en la que un hombre desentierra el cadáver de su novia para casarse con ella, «Dónde está mi saxofón» o «Gori Gori, muerto», de una forma que a mi hermano y a mí nos hacía reír hasta las lágrimas. Los cuentos más espeluznantes cobraban, narrados por él, un tono increíblemente humorístico. Muchos de los viajes que hice durante la infancia los hice con él. Primero buscando oftalmólogos por el mundo y después buscando un poco de sosiego para nuestras vidas tan atribuladas emocionalmente. Tengo varias cajas de fotografías en las que mi hermano, mi padre y yo aparecemos en las playas del Pacífico y del Caribe mexicano y también de una semana inolvidable que pasamos en Cuba.

Una vez desmembrada la familia, la tierra se dividió en dos continentes. Empecé a darme cuenta de que mis dos progenitores tenían maneras muy distintas de ver la vida, incluso más de lo que yo suponía. Nosotros pasábamos semana y media en el hemisferio de mi madre, en el cual el estoicismo y la austeridad eran valores de primera. En esa parte del mundo, por ejemplo, era fundamental que la comida fuera lo más nutritiva posible aunque para ello hubiera que sacrificar su sabor. Recuerdo, por ejemplo, que varias veces por semana nos servían hígado encebollado o el infalible caldo Hauser, que se preparaba en casa cada tercer día. Se trataba de una sopa hecha de verduras frescas y tiernas, apenas cocidas al vapor, para preservar sus sales minerales y vitaminas, pero, a decir verdad, lo que más recuerdo era la absoluta carencia de gusto y aquellos cubitos blandos y coloridos que flotaban en un agua sin sal ni condimentos. No es que mamá no supiera cocinar, sino que disfrutaba inculcándonos esa forma espartana de vida. Otra característica del territorio materno era la certeza de que el dinero era un bien que podía escasear en cualquier momento y, por lo tanto, era fundamental cuidarlo a toda costa. Por eso, no soportaba la costumbre de mi padre que consistía en dejar abundantes propinas a los camareros o en hacer regalos costosos a sus sobrinas cuando cumplían quince años. Lo consideraba un peligro para nuestra educación. Vivía con un miedo constante de aquello en lo que podíamos convertirnos cada vez que escapábamos, así fuera un poquito, de su supervisión. Estaba convencida de que, privado de su severa vigilancia, el mundo se vendría abajo irremediablemente. La vida era un lugar lleno de vicios, personas malintencionadas, actitudes reprochables en cuyas garras era muy fácil caer si uno carecía de su temple y su coraje. Estoy convencida de que estudió derecho no por una vocación litigante —como sostienen muchos— sino por un miedo irreprimible a ser estafada. Recuerdo muy bien la tarde de febrero de 1984 en que, al volver del colegio, nos anunció con el rostro pálido que la moneda se había devaluado un 400% y que buena parte de sus ahorros se había convertido en poco menos que humo. Fue en esas circunstancias cuando pronunció uno de los discursos célebres en la historia de nuestra relación:

—Hijitos, escúchenme bien —dijo sentada en la cabecera de nuestra mesa de cedro—. El mundo que les va a tocar a ustedes, cuando crezcan, será mucho más duro y difícil del que tuvimos su padre y yo. Por eso van a tener que estudiar y prepararse para hacerle frente. Mientras, cuenten conmigo para encaminarlos hasta un futuro a salvo de todo.

Por si a alguien se le escapan las implicaciones de esta promesa, lo que mamá estaba diciendo entre líneas era que no iba a dejarnos en paz un minuto de nuestra vida hasta que alcanzáramos un título universitario útil (cuando menos un doctorado) y luego un trabajo estable gracias al cual pudiéramos ahorrar toda la vida como hacía ella. A pesar de lo que pueda parecerle, doctora Sazlavski, mi madre era también una persona increíblemente cariñosa, en parte por naturaleza pero también con el objetivo de educar a seres humanos sensibles, capaces de recibir y transmitir afecto. Sé pertinentemente que todas las personas ven a su madre como una mujer hermosa pero, lo digo con toda franqueza, mamá superaba los estándares de belleza no sólo mexicana sino de cualquier país con posibilidades de competencia. No leía libros sobre educación (seguramente pensaba que nadie podía enseñarle), en cambio leía religiosamente a Wilhelm Reich y su teoría del orgasmo como curalotodo. Mientras mi hermano y yo construíamos castillos de arena en las playas a las que nos llevaba mi padre, mamá tomaba seminarios en Santa Bárbara sobre cómo desbloquear su energía sexual, cuando en realidad le habría venido mejor un taller para aprender a contenerla. Mi madre estaba decidida a dejar atrás todas sus inhibiciones y a impedir que nosotros adquiriéramos las nuestras. Para eso, organizaba en casa actividades lúdicas en las que debíamos mover el cuerpo al compás de la música o modelar con barro y después embadurnar con éste nuestro cuerpo desnudo. Basta verme interactuar unos quince minutos para comprender que, en mi caso, sus esfuerzos fueron vanos, si no es que contraproducentes. En cambio nunca dejé de escribir. Mi género predilecto seguía siendo el cuento fantástico con inclinaciones al gore y al terror, pero también podía ocurrir que compusiera algún poema o elegía para un pájaro atropellado o para una planta muerta. Al contrario de los demás adultos, que veían en eso una inofensiva actitud infantil, tan excéntrica como pasajera, mi madre montó una alharaca al respecto. Celebraba cada texto nuevo como si se tratara de una obra maestra y aseguraba que en aquellos párrafos de letra cursiva y dibujos involuntariamente naïfs, se escondían los indicios de una fuerte vocación. Muchas veces, sobre todo en los periodos de mi vida en los que me he sentido encarcelada en esta obsesión por el lenguaje, por la construcción de una trama y –lo más absurdo de todo– por hacer de las letras una profesión, un modus vivendi, le reprocho aquel entusiasmo desmedido. Tal vez sería más feliz ahora, doctora Sazlavski, si cobrara mensualmente un jugoso salario de la IBM. ¿Cómo saberlo?

Después de la separación, mi madre empezó a frecuentar a un grupo de personas muy diferentes a los amigos que había tenido hasta entonces: artistas de todo tipo, la mayoría gente de teatro entre los cuales había varios extranjeros y algunos homosexuales escandalosos que a mí me parecían lo más divertido del mundo. Con mucha frecuencia organizaban fiestas en la noche, a las que nunca tuvimos el privilegio de asistir, pero recuerdo con gusto un par de comidas y días de campo en casa de algunos de ellos. Italianos, suizos, españoles hijos de eminentes republicanos exiliados, convivían con nosotros en esas bacanales. Rafael Segovia, a quien volví a ver muchos años después en la ciudad de Montreal, y Daniel Catán ocupan un lugar especial en mi memoria. Muy pocos de ellos tenían hijos. También se organizaban comidas de éstas en nuestra casa de campo. Mamá no tenía ningún reparo en enseñarle mis escritos a sus amigos literatos, sin pedir mi autorización. Ellos –movidos por un sentimiento cuya naturaleza jamás podré adivinar– mostraban asombro y benevolencia al respecto. Podría incluso decir que, junto a la reacción de mis compañeros de escuela, me iniciaron en la adicción del elogio, de la que uno se recupera pero no se cura jamás.

Aunque por lo general el carácter de mi madre era mucho más apacible que el de papá, cuando perdía los estribos podía caer en actitudes sumamente violentas que incluían golpes, bofetadas y tirones de pelo a las que solía llamar sanjuanizas y por las que muy rara vez se disculpaba. En vez de asumir la pérdida de control, su técnica consistía en decir que nosotros la habíamos provocado. Hay que anotar también que yo fui el blanco de ese tipo de reprimendas con mucho mayor frecuencia que mi hermano. Y sin embargo, doctora, si en ese momento me hubieran preguntado si prefería mudarme a casa de mi padre, me habría negado rotundamente. Llámelo síndrome de Estocolmo o de la manera que mejor le parezca. La casa de mi madre era el lugar donde había vivido siempre y consideraba mío. Ahí estaba el árbol al que subía para bajarme la adrenalina después de cada escena de terror. Trenzados con los recuerdos de esos golpes están también los recuerdos de sus abrazos a la hora de dormir, de sus manos frotando alcohol en las plantas de mis pies durante las noches de fiebre y de sus palabras tiernas.

En el continente de mi padre pasaba todo lo contrario. La austeridad y el estoicismo se convertían en los valores más inútiles y masoquistas del mundo. Mi padre, que en ese entonces era dueño de una compañía de seguros y de varios talleres automovilísticos, era aficionado a los casinos, a los coches deportivos (tenía un MG convertible color carmesí) y al lujo de los grandes hoteles. Bastaba enunciar el deseo de un juguete y encontrarse en el lugar indicado, para que nos lo comprara; poco importaba su precio y lo que hubiera gastado en complacernos el mes anterior. No voy a negar que los acontecimientos de su vida lo cambiaron mucho, pero en esa época había en él cierta arrogancia de *self-made man* que ha triunfado en los negocios. Por si fuera poco había tenido el tesón, la sensibilidad y la inteligencia para convertirse en un psicoanalista reconocido, al menos dentro de la escuela en la que se había formado, y eso coronaba con un aura intelectual la satisfacción que sentía por sí mismo. Cuando estábamos con él, mi hermano y yo teníamos una libertad total para usar palabras tan altisonantes como quisiéramos –cosa que mi madre no toleraba–, para ver películas con calificación B e ir a la cama más tarde que de costumbre. En cambio, veía muy mal que peleáramos entre nosotros y ésa era una de las cosas que más lo sacaban de quicio. Creo que ni mi hermano ni yo juzgábamos esas dos realidades en las que transitábamos alternativamente. Al contrario, nos adaptábamos a ambos sistemas de creencias, de manera indistinta y sin cuestionarlos, como uno se adapta al clima de dos ciudades en las que se vive a la vez.

Debo decir que, tras su separación, mis padres hicieron todo lo posible por preservar la unidad familiar. Por lo menos una vez a la semana comíamos juntos en casa y muchas veces viajamos en familia durante el verano. Con ambos también pasamos estancias más o menos largas en nuestra casa de campo. Ese simulacro de felicidad era bastante extraño. Al final nos quedaba siempre una sensación de nostalgia por lo que podíamos haber sido y no habíamos llegado a ser, pero era mejor que nada. No fueron muchas las vacaciones que mi hermano y yo estuvimos solos con mi madre, y entre éstas recuerdo muy particularmente un viaje que hicimos con ella al estado de Sonora.

En esa época a mamá le interesaba particularmente la vida en comunidad. Quizás pensaba que, como el esquema tradicional del matrimonio no le había resultado efectivo, otros sistemas más novedosos o más arcaicos (todo depende de cómo se mire) podrían conducirla a una vida satisfactoria. Por eso visitamos una comuna conocida como Los horcones, ubicada en el estado de Sonora. Viajamos en avión hasta Hermosillo y en el aeropuerto rentamos un coche para desplazarnos por el desierto hasta dar con el lugar. Llegamos de noche, a la hora de la cena. En cuanto escuchó el motor del coche, uno de los miembros más antiguos salió a saludarnos y nos hizo pasar al comedor, parecido al de un colegio, en el que estaban sentadas unas sesenta personas alrededor de largas mesas de madera. La comida era sencilla pero tenía buen sabor: frijoles charros, guisado de res en caldo de tomate, tortillas de harina. Habíamos llegado hambrientos después de cinco horas de viaje en carretera y comimos vorazmente. Durante la cena nos explicaron sus reglas de convivencia. Escribo aquí las que más marcaron mi recuerdo.

REGLA NÚMERO 1: no había propiedad privada. Los objetos no eran de nadie. Ni el cepillo de dientes, ni la ropa interior, ni los zapatos, ni la comida o las camas de ese lugar tenían un dueño sino que eran *comunitarios*.

46

REGLA NÚMERO 2: los hijos también eran comunitarios. Todos los adultos tenían la responsabilidad de cuidar a cualquier niño como si fuera propio. REGLA NÚMERO 3: cada persona tenía una tarea que cumplir dentro de la granja. Generalmente los niños pequeños se ocupaban de ordeñar las vacas. El propósito de nuestras vacaciones –eso nos lo explicó mi madre– consistía en saber si éramos capaces de adaptarnos lo suficiente a ese programa como para mudarnos ahí. La primera noche, después de cenar, nos acompañaron a Lucas (que a partir de ese momento dejaba de ser *mi* hermano) y a mí a una habitación enorme donde los niños dormían sin tener, por supuesto, una cama asignada. Debo admitir que, en un principio, la idea me pareció entusiasmante. En mi corta experiencia, cada vez que se nos permitía dormir solos con más de dos niños había diversión garantizada: batallas de almohadones, el juego de las escondidas, escalada de cortinas. Aprovechábamos de todas las maneras posibles los recursos que ofreciera la habitación. Esta vez éramos más de quince y era de esperar que la fiesta durara toda la noche. Sin embargo, las cosas ocurrieron de otro modo. En cuanto abrieron la puerta para dejarnos entrar, los niños se quitaron la ropa y, sin lavarse los dientes o la cara, entraron en estampida para apoderarse de las mejores camas y, una vez en ellas, no hubo poder humano que los desplazara. Diego y María, dos adolescentes como de doce años, los mayores de la habitación, se encargaron de verificar que no faltara nadie y de apagar la luz. Ni una sola broma se escuchó aquella noche, en medio del silencio campestre,

47

lleno de grillos y de cantos de lechuza. Los niños se durmieron de inmediato. Perdido en esa multitud empiyamada, mi hermano debía estar tan sorprendido como yo. Sabía aproximadamente en qué cama se encontraba. Sin embargo, con la luz apagada, era imposible localizarlo para comentar lo que estaba sucediendo. Además, corría el riego de que alguien aprovechara para ocupar mi lugar.

Lucas y yo nos levantamos al alba como los demás y fuimos por las cubetas de metal con las que se ordeñaban las vacas. Creo que nunca en toda mi vida había estado tan cerca de uno de esos animales, menos aún de sus rugosas ubres. Alguien nos explicó cómo debíamos apretarlas para obtener la leche y nos dejó a mi hermano y a mí a merced de la vaca que, ante nuestra torpeza, empezaba a desesperarse. Salimos de ahí con una cubeta semivacía que provocó una expresión de disgusto en la cara de los encargados, pero como no teníamos práctica nadie se atrevió a criticarnos. Nos llamaban «los nuevos» y al escuchar esas palabras yo sentía calambres en el estómago pensando que nuestro futuro próximo podía desembocar en ese lugar tan extraño. Todo dependía de una simple decisión de mi madre, que, a todas luces, se encontraba en esa época algo desorientada acerca de su proyecto de vida. Después de la ordeña pasamos al comedor, donde nuestro desayuno estaba casi listo, excepto por la leche que era necesario hervir antes de poder beberla. En nuestra mesa estaba Diego, el chico que había apagado las luces la noche anterior. Nuestra vida en la Ciudad de México le despertaba una curiosidad morbosa. Nos preguntó detalles acerca del colegio, del olor en las calles, del transporte público. Le habían dicho que la capital olía a mierda y que la gente era de lo más abusiva.

–Al menos cada uno sabe cuál es su cama –le respondí yo–, y nadie nos la arrebata en el dormitorio.

Pasar un día ahí me bastó para comprender la actitud tan desconcertante que demostraban por la noche: la jornada de labor en el establo, lustrando zapatos, fregando pisos o lavando platos era tan exhaustiva que en la noche nadie tenía ánimos ni fuerza para jugar. Volvimos a ver a nuestra progenitora después del desayuno. Nos abrazó como si nada hubiera cambiado entre nosotros y, sin fijarse en las normas de comportamiento, nos llamó como siempre *mis* tesoros, *mis* pedacitos de cielo. Uno de los jefes de aquel lugar, un hombre altísimo y corpulento con el pelo negro y lacio, como el que suelen tener los indios yaqui, pero vestido de menonita, demostraba una simpatía particular por nuestra madre y nos propuso esa mañana una visita guiada por los alrededores. La comuna era muy extensa. Además de las vacas, tenían borregos, cerdos y gallinas. También se cultivaban verduras en hidroponia para el consumo de los sesenta y tres habitantes. Sin embargo, la verdadera función de aquel lugar, la que le había dado cierto prestigio en la región, y también cierta protección del gobierno local, se llevaba a cabo en una casa distinta de donde habíamos pernoctado. Se trataba de una escuela para niños y adolescentes con síndrome de Down, algunos mexicanos pero sobre todo estadounidenses, cuyos padres no podían –o no querían– cuidar, y que pagaban grandes cantidades de dinero con tal de que otras personas los mantuvieran en medio del desierto. El granjero, que miraba a mi madre con evidente admiración erótica, nos explicó que las personas que se encargaban de estos niños «con problemas» se habían formado para ello en escuelas nacionales y de San Antonio, Texas. Nos detuvimos en una banca del jardín para mirarlos actuar durante uno de sus momentos de descanso: se veían contentos y amigables, mucho más que los niños con los que habíamos pasado la noche. Al verlos correr sobre la hierba, muertos de la risa, abrazarse y hacerse cariños en el pelo, me dije que si alguien tenía un problema ahí no eran ellos sino todos los demás. Era la primera vez que me enfrentaba a la segregación de personas «diferentes» o, como suele decirse todavía, «con algún defecto». Me dije que quizás, de haber nacido en esa comuna, a mí también me hubieran puesto en una casa aparte, lejos de esos otros niños, los «normales» que trabajaban como bestias para integrarse a su sociedad; esos niños que desde mi llegada a la granja no habían dejado de preguntarme qué me había pasado en el ojo y por qué motivo tenía en su centro una nube tan densa, como de aguacero; esos niños que en el fondo de mi alma compadecía desde la certeza de que, tarde o temprano, mi madre entraría en razón y nos llevaría de vuelta a casa.

A pesar de la sensación de eternidad que genera el calor y las condiciones tan diferentes de vida, sé que no permanecimos mucho tiempo en la comuna. Al tercer día, una mujer enloquecida, probablemente involucrada con el granjero yaqui, increpó a mi mamá en medio del desayuno y la acusó de estarle robando a *su* hombre. Por lo visto, aunque en aquel lugar los niños no tenían dueño, los padres de éstos sí. La mujer se veía tan alterada y violenta que nadie, ni el propio yaqui, se atrevió a intervenir. Cuando a los gritos nos aconsejó que regresáramos a la «cloaca urbana de la que habíamos salido», mi madre se levantó de la mesa y nos llevó hasta el coche donde estaban nuestras maletas. Mientras el automóvil se adentraba por la carretera que cruza el desierto, yo bendecía a los cielos sonorenses por habernos sacado para siempre de la vida en comunidad y devuelto a la jungla, salvaje si se quiere pero al menos conocida, del capitalismo.

Casi veinte años después volví a ver a Diego, el preadolescente que cuidaba el cuarto de los niños, en Puerto Vallarta. Yo estaba ahí para participar en un festival literario. Él pasaba las vacaciones con su familia en el hotel donde me habían hospedado. Por extraño que parezca, nos reconocimos enseguida. Como ese día yo desayunaba sola en la terraza del restaurante, me invitó a sentarme en su mesa y me preguntó si recordaba a su esposa. Contesté que no.

—No sabes —dijo— cómo nos cambió la vida tu visita. Verte con tu madre y tu hermano, escuchar cómo era la vida en el mundo exterior, nos dio mucha envidia y nos hizo pensar en la posibilidad de salir de ahí alguna vez.

—¿Cerraron la comuna —le pregunté, confundida por ese plural tan enigmático— o fuiste un caso especial?

—Nos fuimos Patricia y yo. Y ahora estamos aquí,

gozando de este hotel de lujo que nunca soñamos en nuestra infancia.

Se refería a su esposa, sentada junto a nosotros, y siguió hablando por ella y por su familia toda la mañana. No había perdido su acento sonorense. Diego y Patricia llevaban seis años fuera de Los horcones. En esos años tuvieron tiempo de reproducirse cuatro veces. Miré hacia la alberca alrededor de la cual corrían sus niños. Me dije que, después de una infancia como la suya, probablemente ni él ni su esposa habrían podido acostumbrarse con facilidad a la vida de solteros.

Dos años después de separarse de mi padre, mamá fue víctima de una fuerte depresión que acabó por afectarnos a todos. Su malestar se manifestaba bajo la forma de un llanto recurrente que solía irrumpir por las tardes como los aguaceros se adueñan de la Ciudad de México durante el verano. Cada tarde y por espacio de varias horas se encerraba en su habitación a llorar, a veces muy ruidosamente. El motivo era en parte un amor mal correspondido. Fiel a su costumbre de no ocultarnos las cosas, mamá nos había explicado que tenía una relación con un hombre casado que le había hecho varias promesas incumplidas. A pesar de su carácter más bien práctico y racional, adquirió la costumbre de consultar el I Ching varias veces por semana, cosa que ella misma calificaba de enfermiza y reprobable. También en esa época le dio por interpretar con particular pesimismo los resultados de algunos análisis médicos. Un sábado en la mañana nos convocó a su cuarto para anunciarnos que su vida peligraba. La veo todavía acostada sobre su cama deshecha, las cortinas cerradas creaban una atmósfera de penumbra artificial. «Me están haciendo estudios», nos dijo, «la cosa no pinta bien. Podría estar muy enferma.» «¿Qué tal si me muero?» No se nos informaba cuáles eran los posibles diagnósticos. Nosotros, por supuesto, la abrazábamos diciendo que eso no iba a pasar, que íbamos a estar siempre juntos, pero la angustia ya había sido sembrada para el resto de la tarde y de la semana. Después, su ánimo se tranquilizaba y dejaba de hablar del asunto durante un par días. Hubo al menos tres falsas alarmas. ¿Qué le parece, doctora Sazlavski, aterrorizar de tal forma y sin ninguna certeza a niños de esas edades? «Normal en una mujer trastornada, que atraviesa un periodo particularmente duro», me dirá usted con toda razón, pero en esa época no se nos ocurría mirar de esa forma a nuestra progenitora, sino como al pilar más sólido de la familia. Recuerdo con mucha claridad la sensación de impotencia que me invadía al escucharla llorar del otro lado de la puerta. Su llanto paralizaba cualquier actividad de la casa, incluidos mis juegos y el ir y venir de la sirvienta. Mi hermano y yo nos sentábamos en nuestra cama a esperar que escampara. Nos quedábamos ahí, en un silencio expectante, hasta que, por fin, las lágrimas terminaban y era posible volver a nuestros juegos o rituales vespertinos. Acostumbrada a llevar las riendas de su vida, mamá luchaba encarnizadamente con todas esas emociones y, en ese combate interno, su parte fuerte llevaba las de perder. Al menos así ocurrió en esos tres años, durante los cuales se sometió al más inútil de los psicoanalistas del que haya tenido noticia.

Finalmente, en un impulso de voluntad desesperado, decidió exiliarse del país. Su exilio no fue político sino amoroso. El pretexto era estudiar un doctorado en urbanismo y planeación regional en el sur de Francia. Mis padres acordaron que viviríamos el primer año de esos estudios con él, en México, mientras ella arreglaba las condiciones para recibirnos allá. Durante ese tiempo, Lucas y yo estudiaríamos el idioma. Sin embargo, este plan nunca se llevó a cabo. Algo sucedió en la vida de papá que impidió seguir con nuestros proyectos, algo de lo que nos enteramos casi un año después de forma clara y contundente, y que habría de modificar por completo nuestra vida. Uno de los primeros indicios de esta nueva situación fue que mi padre empezó a aparecer con menor frecuencia por la casa. Cuando preguntábamos por él, nos decían que estaba de viaje y que en ese momento estaba resolviendo varios asuntos relacionados con sus negocios en San Diego. Tras varios meses de trámites burocráticos, mi madre obtuvo una beca del gobierno francés para eclipsarse. Lo hizo a mediados de julio. Como estaba previsto, nosotros nos quedamos en México, en el mismo departamento donde habíamos vivido siempre, pero, en vez de mi padre, quien se ocupó de nosotros fue nuestra abuela materna. Éste, doctora Sazlavski, constituye el periodo más nebuloso y confuso de toda mi vida. Por qué diablos seguía mi padre en el extranjero es algo que nadie nos supo decir. ¿Qué podía ser tan importante que le impidiera quedarse con nosotros cuando más lo estábamos necesitando? ¿Por qué mi madre se aferraba a ese viaje aunque tuviera que dejarnos en manos de su anciana y conservadora madre, cuya figura encarnaba justamente el tipo de educación que *no* había querido darnos? ¿Por qué, después de pregonar tanto la importancia de decir siempre la verdad, nadie nos ofrecía una explicación convincente? La única persona que quedaba ahí para preguntárselo era mi abuela y su respuesta era críptica y siempre la misma:

–¿Desde cuándo las gallaretas le tiran a las escopetas? –Con lo cual quería decir que los niños no deben pedir cuentas a los adultos.

II

Si los dos hemisferios de mis padres jamás nos causaron, a mi hermano o a mí, problemas de navegación, el universo decimonónico al que nos transportó nuestra abuela representaba el territorio menos hospitalario que había conocido hasta ese momento. En ese universo se imponían algunas leyes totalmente arbitrarias, al menos a mi entender, y que tardé meses en asimilar. Varias de ellas, por ejemplo, se basaban en una supuesta inferioridad de las mujeres respecto de los varones. Según su visión de las cosas, la obligación principal de una niña –antes incluso que asistir a la escuela– era ayudar en la limpieza del hogar. Las mujeres debían, además, vestir y comportarse «adecuadamente», a diferencia de los hombres, que podían hacer lo que les diera la gana. Así fue como yo, aficionada a los jeans y a los pantalones deportivos que permiten escalar con mayor comodidad las bardas de piedra, tuve que regresar varias décadas atrás en el sistema de la moda e incorporar a mis atuendos cotidianos vestidos con encaje y zapatos de charol. Todo esto, en plenos años ochenta, década de la cual mi abuela no tenía ninguna noticia. Un verdadero ultraje a la dignidad de cualquiera. Las niñas, por supuesto, tampoco debían andar por ahí «de bolas sueltas» en la calle, jugando con los varones, y mucho menos subiendo por las ramas de los árboles. Que uno cuestionara algunas de sus decisiones –cosa que nos habían enseñado a hacer tanto mis maestros como mis progenitores– era a sus ojos una falta de respeto y prueba de una insolencia muy peligrosa que debía ser reprimida inmediatamente y sin compasión. Además de sus prejuicios de género, la abuela criticaba constantemente mi forma de caminar y la manera en que movía mi cuerpo. Junto a ella, la actitud correctiva de mi madre resultaba un juego de niños. Aunque nunca dijo una palabra ofensiva acerca de mi escasa visión, criticaba constantemente la postura desgarbada con la que antes se había encarnizado mi madre. Según ella, sobre mi espalda se estaba formando una joroba ya no semejante a la de una cucaracha sino a la de un dromedario.

–Por el amor de Dios, ¡enderézate! –me instaba al menos diez veces al día, haciendo retumbar las paredes de nuestro departamento. Llegó incluso a regalarme un corsé que yo refundí en el último rincón de mi clóset. También la consistencia de mi pelo rizado, muy parecido, dicho sea de paso, al que ella había tenido durante su juventud, le parecía desaliñada cada vez que no lo llevaba estirado y recogido. Hasta mi forma de hablar era constantemente censurada por ella. Me acusaba de pronunciar las eses a la colombiana sin tener ninguna razón para ello y me pedía que practicara quitando la lengua del área dental para evitar el silbido, algo que, por supuesto, nunca hice.

A diferencia de por mí, que la sacaba de quicio sin remedio, mi abuela sentía por mi hermano una adoración evidente. No dejaba de exaltar sus virtudes y, al hablar con otros miembros de la familia, les contaba lo maravilloso que era ese nieto que, con su sola presencia, sabía ponerla feliz. Recuerdo que muy al principio, durante los primeros días de su estancia en nuestra casa, mi hermano pidió permiso para bajar al jardín donde cada tarde se celebraban partidos de futbol entre los niños de la unidad. Mi abuela estuvo de acuerdo, así que salimos hasta que cayó la noche. Al regresar teníamos la ropa empapada en lodo y varios raspones en las rodillas. Mi abuela nos recibió alarmada. Según ella, había bajado a buscarnos varias veces y, como no aparecíamos, estaba a punto de llamar a LOCATEL, el servicio para localizar personas extraviadas, accidentes o decesos. Del estado de las rodillas de mi hermano no dijo nada, del mío en cambio habló como si se tratara de una falta a la decencia.

–Parece que te hubieras revolcado en la tierra –aseguró indignada. Para entonces, yo ya había aprendido a descifrar la implicación moral en muchos de sus comentarios.

Las técnicas de represión de mi abuela no tenían nada que ver con las que yo había conocido hasta entonces. Los castigos que mis padres acostumbraban eran claros y sin rodeos: encerrarnos en nuestro cuarto durante una hora «para que pensáramos en lo que habíamos hecho» y, cuando la cosa era demasiado grave o exasperante, una sesión de «nalgadas bien puestas», frase que solían utilizar para justificar el empleo de la violencia física o una humillante sanjuaniza. La abuela sin embargo utilizaba métodos de tortura mucho más sutiles y desconcertantes. Entre ellos la llamada «ley del hielo», que consiste en fingir que la persona que nos ha agraviado no existe y, por lo tanto, no es posible escucharla o dirigirle la palabra. Después de aquel partido de futbol, mi abuela bañó a mi hermano amorosamente. También le preparó la cena, lo llevó a la cama y permaneció junto a él hasta que se quedó dormido. Yo en cambio tuve que irme a mi cuarto con el estómago vacío, pues esa noche no había comida para los seres transparentes. En vez de mostrar un comportamiento más sumiso, opté por la resistencia. Mi consigna –una consigna idiota que adopté sin darme cuenta y he mantenido casi toda la vida– consistía en evitar a toda costa que consiguieran hacerme llorar. Era un placer que no estaba dispuesta a darle a mi abuela ni a nadie. Sin embargo, ¡cuánto lo necesitaba en aquel momento! Además, ¿quién dice que si llegaba a conmoverla la abuela no iba a cambiar de actitud hacia mi persona? En vez de eso me dediqué a contrariarla en todo lo posible. Yo, que hasta entonces había sido considerada la antisocial de nuestro edificio, empecé a salir cada tarde. No me llevaba con las niñas del seis, que jugaban a la matatena y al resorte junto al estacionamiento, tampoco con las chicas que modosamente repetían hasta el cansancio las tablas de multiplicar detrás de un arbusto, sino con los futbolistas. Lo que mi cuerpo exigía era sacar a través del ejercicio físico toda la ira que estaba generando. La ira hacia mi madre, que llamaba de vez en cuando desde un país remoto, la ira contra mi padre, que sin ninguna explicación había desaparecido del mapa, la ira contra esa anciana injusta que intentaba por todos los medios «bajar mis grandes ínfulas», como si mis circunstancias vitales no se hubieran encargado ya, y con gran eficacia, de hacerlo antes que ella. Por fortuna, a los varones de mi edificio no les parecía mal que yo me uniera a los partidos con tal de que siguiera deteniendo los goles del equipo enemigo: por mi altura, superior a la de todos ellos, me colocaron de defensa. Es verdad que después no era fácil volver a casa, pero prefería por mucho las largas reprimendas de mi abuela y su falta de atención a pasar la tarde entera encerrada bajo su férula.

Debo decir, doctora Sazlavski, que mi abuela no fue para mí una simple inquisidora con ideas atávicas, sino también uno de los personajes más originales con los que me haya tocado vivir. Estaba llena de manías y costumbres extrañas, algunas de las cuales adquirí sin darme cuenta. Había dejado su casa en un barrio céntrico de la ciudad para vivir con nosotros. Esa casa, a la que acudía diariamente, era un almacén de todas las cosas imaginables. Víctima de lo que se denomina comúnmente como el síndrome de Diógenes, mi abuela guardaba montones de revistas y ejemplares del periódico *Excélsior* desde los años cuarenta. Dos habitaciones constituían su entrañable y desordenada hemeroteca. Además de esos papeles, conservaba en su clóset no sólo la ropa de su difunto marido sino también la suya y la de sus hijos desde hacía más de tres décadas. Esa marea de objetos anacrónicos conformada por zapatos, bolsos de baile, vestidos de novia, pelucas, sombreros de lujo, radios de transistor, guantes, globos terráqueos, libros, peines, alhajeros, muñecas y vaya a saber cuántas cosas más, constituía una especie de masa con vida propia que se movía lentamente, en función de las necesidades de la casa, y a la que denominábamos «la ola verde». Si alguna de sus hijas asentadas en provincia decidía ir a pasar el verano a la Ciudad de México, mi abuela vaciaba las habitaciones centrales y acomodaba la ola en la parte de abajo y en el garaje. Esto le llevaba días, a veces semanas enteras, de un trabajo agotador. Aunque en aquel lugar se mezclaban olores muy diversos, el más imponente era el de la naftalina. Ella misma contaba que durante sus embarazos llegó a aficionarse tanto por estas bolitas venenosas para ahuyentar a la polilla, que las chupaba a menudo como si fueran caramelos. Resultaba impresionante la manera en que, a pesar del desorden parcial, la casa conseguía conservar su dignidad y su elegancia. Los muebles eran casi todos antiguos pero en excelente estado. Los suelos de parquet estaban cubiertos por alfombras traídas directamente desde Irán. En los años previos a su muerte, mi abuelo se había dedicado a viajar junto con su esposa por todo el mundo durante varios meses. Muchos de los objetos comprados en ese tiempo adornaban las vitrinas de la casa y las mesas de centro, en las que era frecuente encontrar lámparas de bronce, menorahs

61

o esculturas de marfil. Todas esas curiosidades y, en particular, la vajilla japonesa con motivos dibujados en azul muy tenue, despertaban mi fantasía y me ayudaban a evadirme de esa realidad que tanto me costaba tolerar. La casa seguía estando habitada por una sirvienta que, en ausencia de la dueña, se dedicaba a su mejoramiento personal. La abuela prefería que se quedara ahí a llevarla a vivir con nosotros y evitar de esa manera que entraran a robar. Aunque casi siempre usaba el transporte público, guardaba un auto nuevo en el garaje de su casa, un Celebrity blanco con asientos de piel, y cuando era necesario, conseguía un chofer que pudiera transportarla a donde quería llegar. Hay algunos hongos capaces de viajar varios kilómetros gracias a unas patas invisibles que detectan la comida. De una manera similar, los alcances de la ola rebasaban los límites de la casa. Desde la llegada de la abuela, los cuartos de nuestro departamento se habían llenado de ropa y papeles que aguardaban ser clasificados algún día. Sin embargo, pasara lo que pasara, el desorden no podía alcanzar la superficie de la cama que cada mañana tendía obsesivamente hasta suprimir la menor arruguita de la colcha o de las sábanas. Ese desorden impregnaba también la forma de disponer del tiempo. Llegaba tarde a todas partes, también a la salida del colegio. Desde que estaba ahí, la hora de la comida jamás se había respetado en casa. A ella, cuyo estómago era inferior al tamaño de una ciruela, le bastaba con comer tres cucharadas de arroz para obtener combustible y pretendía que, en plena etapa de crecimiento, nosotros hiciéramos lo mismo. Nunca le gustó cocinar y es probable que no haya sabido hacerlo. Muchas veces compraba la base de una pizza hecha de pan y tomate en la sección de congelados del súper y eso era lo que servía a las tres y media de la tarde, sin ningún tipo de guarnición o acompañamiento. A pesar de que sus menús no lo ameritaban, la abuela no perdía una comida para inculcarnos los modales que pregonaba Antonio Carreño, su escritor favorito. Durante los meses en que nos cuidó, la escuché hablar de su manual varias veces al día pero pasaron años antes de que pudiera encontrarme frente a frente con un ejemplar. En una Feria de Minería a la que asistí cuando era estudiante de letras, descubrí un volumen empolvado de más de cien páginas, cuyo título completo era: *Manual de urbanidad y buenas maneras para uso de la juventud de ambos sexos en el cual se encuentran las principales reglas de civilidad y etiqueta que deben observarse en las diversas situaciones sociales, precedido de un breve tratado sobre los deberes morales del hombre.* Lo compré por nostalgia masoquista. La lectura del libro resulta muy práctica y edificante. Se detiene por ejemplo en cómo debe una mujer bajar de la carroza cuando ésta fue tirada por uno o más caballos y cosas por el estilo.

Discretamente, mi hermano y yo fuimos adquiriendo la costumbre de invitarnos a comer a la casa de algún miembro del equipo –uno distinto cada vez–, lo que seguramente resultó muy cómodo para la abuela. Los niños de Villa Olímpica, al menos los niños de nuestra generación, los que nosotros conocíamos y con los que mi hermano y yo jugábamos por las tardes, tenían una personalidad doble o por lo menos una doble cultura: en los jardines y en la plaza hablaban con acento y expresiones mexicanas pero al llegar a casa se comunicaban con sus padres en perfecto porteño o santiaguino, comían pastel de papa con arbejas y pedían que les alcanzaran el zapallo. Antes de salir, se calzaban las zapatillas y agarraban su pelota de fútbol. Muchos de esos chicos no parecían percatarse del horror que habían conocido sus familias antes de dejar sus respectivas ciudades. Sin embargo, había algunos de ellos que sí vivían atormentados por recuerdos de separación y de luto, de violencia y vaya a saber cuántas cosas más, a tal grado que, tuviéramos la edad que tuviéramos, era imposible dejar de notarlo. Entre ellos estaba Ximena, de quien hablaré más tarde, la única niña con la que llegué a identificarme en esa época y que, tal vez sin saberlo nunca, dejó una impresión muy profunda en mi historia.

Tardé años en elegir un equipo al cual aficionarme. No sentía pertenencia a ninguno de los que veía jugar en los torneos de primera división. Finalmente, cuando tuve que escoger, me decanté por la Unión de Curtidores, el equipo menos glamoroso, el menos conocido y con menores posibilidades de ganar algún día un campeonato. Déjeme que le hable, doctora, acerca de este equipo, del que probablemente nunca volverá a oír en su vida. La mayoría de la gente piensa que se trata de un equipo de pringados y nadie puede creer que yo apoyara seriamente a esa escuadra tan desaliñada. No me refiero sólo a su uniforme blanco con una franja diagonal color azul oscuro que recuerda a las de Miss Universo, sino a su modo fatalista de jugar. Lo único que lo volvía especial era su nervioso ir y venir entre la primera y la segunda división, ya que se trataba de un equipo que vivía siempre al borde de la tragedia, del oprobio, en la peor de las incertidumbres. Su objetivo no era ganar el campeonato, con el que ni siquiera soñaba, sino conservar la compostura. A una escala menor, representaba a nuestra propia selección nacional, que cada cuatro años se pregunta con angustia si obtendrá o no el pase al Mundial. Yo no consigo entender aún cómo la mayoría de los mexicanos le va al América y a su multimillonario dueño, y no a la Unión de Curtidores que de verdad nos representa. Supongo que por razones similares a las que tienen las clases bajas para votar sexenio tras sexenio por la derecha católica. A pesar de lo que cree la gente, la Unión no desapareció del mapa. El equipo ha cambiado de nombre a lo largo de los años pero su esencia sigue siendo la misma. Como los animales más antiguos que pueblan el planeta, los curtidores han tenido que mutar para sobrevivir.

A veces a la abuela le daba por comprar chocolates o alguna otra golosina y, para administrar esa riqueza, es decir, para disponer de la forma y del momento en que podíamos comerla, la escondía en algún lugar de su clóset. Una tarde, mientras buscaba mi liga para el pelo, me asomé, casi sin darme cuenta, al espacio que había entre el suelo y el somier de su cama. Entonces descubrí uno de sus mejores escondites. Encontré ahí una bolsa llena de frutas lichi, totalmente fermentadas, que había llevado a casa tres semanas atrás, una caja de galletas con viejas fotografías de familia y un paquete de chocolates belgas que, a pesar de su aspecto aún saludable, no me atreví a probar. Otro de los hábitos de la abuela consistía en anotar en una libreta a rayas y de tapas duras cada acontecimiento diario, por nimio que fuera, y también cada objeto o alimento que compraba, para ella o para la casa, sin omitir el peso o la cantidad. Según me explicó ella misma, lo había hecho así desde el primer día de su vida en matrimonio, en 1935, para que mi abuelo no pudiera acusarla nunca de despilfarrar el dinero. Y lo seguía haciendo ahora, once años después de la muerte de su esposo, por inercia o por motivos que nadie ha logrado descifrar. Con ella aprendí que un obsesivo no es forzosamente alguien con las uñas pulcras y un peinado impecable, cuya casa se asemeja a una vitrina, sino un ser tenso y casi siempre temeroso de que el caos tome por completo el control de su vida y la de sus seres queridos.

A mi abuela no le gustaba que la tocaran más de lo estrictamente necesario. No estaba en contra de los besos pero los otorgaba sólo si había una razón poderosa para ello. En todo el tiempo que vivió con nosotros, me dio dos. Más tarde le explicaré, doctora, cuáles fueron ambas situaciones. El problema de haber conocido en el pasado a padres tan amorosos como los míos es que después, cuando ellos no estuvieron, eché en falta y sin remedio un contacto físico que ni la abuela ni nadie podía darme en ese momento. Para colmo de males, mi madre hablaba desde Francia muy pocas veces al mes y, por la diferencia de horario, sus llamadas raras veces coincidían con los momentos en que estábamos en casa. La abuela nos contaba –vaya a saber si era verdad– que había charlado con ella, que nos mandaba cariños y que, aunque nos extrañaba mucho, «la estaba pasando bien». Por egoísta que suene, saber que mi madre era feliz en un lugar alejado del mundo no me hacía sentir igual. Claro que me alegraba saber que allá, del otro lado del Atlántico, ya no lloraba todas las tardes, pero entre eso y que «la estuviera pasando bien» había un abismo. Más de una vez, ahogada por la sensación de injusticia que se respiraba en casa, habría dado lo que fuera por contactarla, por hablar largamente con ella y contarle lo que estaba viviendo. Pero eso nunca fue posible. Las llamadas de larga distancia en ese entonces eran algo totalmente inusual. Además, yo no tenía ningún número donde localizarla y esa circunstancia me hacía sentirme totalmente desamparada.

Fue alrededor de esa época cuando empezó a producirse una situación extraña. Un sábado, alrededor de las once, mientras nos alistábamos para ir a una comida familiar en un barrio alejado de la ciudad, y después de una discusión intensa acerca de la ropa que habría de ponerme ese día, descubrí una oruga en mi zapato. Una oruga peluda de color verde claro y brillante. Intenté sacarla de ahí golpeando el talón varias veces contra el suelo pero el bicho no parecía inmutarse. Ayudado por sus patas en forma de ventosa, resistía cómodamente a mis embates.

–¡Apúrate que ya vamos tarde! –tronó la voz de mi

abuela, sacándome súbitamente del trance en el que me encontraba. Así que opté por ponerme otros zapatos y seguí preparándome para salir. Una vez junto a la puerta, la abuela me preguntó por qué llevaba puestas esas chanclas y no las bailarinas blancas con trabilla que había comprado para mí. Entonces le expliqué lo sucedido. Como era de esperar, no me dio ni un segundo de crédito. La abuela salió exasperada en busca de los zapatos y, cuando los trajo, la oruga ya no se encontraba dentro. ¿Cuál había sido la suerte del pobre animal? No me atreví a preguntarlo. Una vez en la comida, empecé a sentir que algo se movía junto a la planta de mi pie. La sensación era tan perturbadora que me vi obligada a agacharme por debajo de la mesa para verificar eso que ya me temía. Entonces volví a ver al gusano, dañado por el peso de todo mi cuerpo y derramando un líquido oscuro sobre mi calcetín recién estrenado. Encontrarlo ahí nuevamente y con el cuerpo tan maltrecho me causó una sensación de miedo incontrolable y empecé a gritar como una histérica. No sé si la abuela no vio al bicho esta vez o simplemente no quiso admitir que se había equivocado. El caso es que me tomó del brazo, me levantó de la mesa donde comían los demás y me encerró en una habitación aparte —exactamente como se saca a un insecto indeseable de la casa para no tener que aplastarlo frente a los invitados—. Desde ese cuarto, la escuché quejarse de mi temperamento y también oí los comentarios que varios de nuestros familiares hicieron en contra de mí y de mi madre. Pobre abuela, decían, por nuestra culpa estaba pasando un momento muy desagradable al final de su vida, que hasta entonces había transcurrido de forma tan apacible. Más tarde, ya en la noche, cuando regresamos a casa y por fin llegó el momento de acostarse, volví a ver al gusano sobre las sábanas. Entonces yo misma empecé a dudar de mi cordura. Los insectos siguieron apareciendo con cierta frecuencia dentro de mi habitación. Ya no era sólo la oruga sino distintas bestezuelas, muchas veces venenosas, las que venían a visitarme. Podía ser una araña roja, una mantis religiosa, un cara de niño, nunca una mariposa o un grillo, bichos más bien raros que aparecían de repente, obligándome a gritar. No era la amenaza de los insectos lo que me llenaba de pánico, tampoco que los demás me acusaran de mentir para llamar la atención. Lo que me hacía reaccionar de ese modo era la posibilidad de que se me hubiera zafado para siempre —y a tan temprana edad— un estratégico tornillo. Si no podía contar conmigo misma, ¿con quién podía contar? Si la verdad era algo inaccesible para mí, entonces ¿debía dar por buenas las versiones de los otros, los que me tildaban de mentirosa, de insolente, de grosera, de mataviejitas? Ante la presencia de los insectos y de todas esas preguntas sin respuesta, lo único que se me ocurría hacer era dejar de pensar en la medida de lo posible y jugar, jugar, jugar al futbol y, en los descansos, hablar de eso, hasta caer muerta de cansancio en la cama, aunque fuera sin cenar. La noche en que vi al gusano resucitado sobre las sábanas, sentí que algo había cambiado dentro de mí. Algo muy profundo e inaccesible había sido alterado dentro de mi conciencia. No pude volver a dormir. Tampoco podía salir a refugiarme con nadie de la casa, de modo que opté por acercarme a la ventana de mi cuarto y ahí permanecí despierta varias horas. La noche es rara vez el territorio de los niños. Yo había dormido bien toda mi vida y no era de las personas que se detienen a escuchar los ruidos de la madrugada. Para no pensar en el bicho, busqué mis binoculares y concentré mi mente, por lo general abocada a la ensoñación y a las historias fantasiosas, en lo que sucedía abajo del edificio. Ahí de pie, detrás de las cortinas, vi estacionarse a hombres de traje con actitud ebria o cansada y caminar hacia sus respectivas puertas; vi a un adolescente con su novia aparecer y desaparecer varias veces detrás de los arbustos que había frente al estacionamiento; vi a un gato esquivando el paso de los automóviles en un juego suicida. Nada de eso logró interesarme mucho tiempo hasta que levanté la mirada y descubrí que en el edificio de enfrente, justo a la altura de mi departamento, en una simetría pasmosa, había otra chica que observaba el mundo desde su ventana, con una expresión tan infeliz como la que yo debía tener en aquel momento. Se llamaba Ximena. La conocía de vista y me caía bien. En varias ocasiones la había observado atravesar la calle con ese aire un poco ausente que la caracterizaba. Sin embargo, puedo decir que esa noche la vi por primera vez, no de la manera indiferente con que uno suele observar el ir y venir de los vecinos, sino de forma realmente atenta, y con empatía. No podía estar segura, pero algo me hizo sentir que ella también me estaba mirando. De repente la distancia que separaba nuestros edificios se hizo muy corta y sentí que, de intentarlo, me habría sido posible percibir su aliento impreso en el vaho de la ventana, escuchar su respiración, comprender lo que estaba viviendo.

Esa noche inauguró una costumbre: cuando las luces se apagaban en nuestros respectivos departamentos, ella y yo acudíamos a la cita sin falta. El ritual consistía en permanecer de pie, una frente a la otra, y así acompañarnos hasta que nos vencía el sueño. Nunca nos comunicamos de forma ortodoxa, ni ahí ni en ningún otro lugar, pero, consciente o inconscientemente, Ximena me hizo sentir que, a pesar de la ausencia de mis padres y de la absoluta incertidumbre que tenía acerca de mi porvenir, había alguien en el mundo con quien podía contar. Piense usted lo que quiera, doctora Sazlavski, yo estoy convencida —y ahora más que nunca— de que esa comunicación existió y de forma tan profunda que rebasó los límites espacio-temporales, como suele ocurrir entre las personas más cercanas. De ella sabía muy poco pero lo suficiente para hacerme una idea de cuáles eran sus emociones. Sabía, como dije antes, que era chilena y que desde su llegada a México había vivido con su madre y su hermana en ese edificio. Su padre, en cambio, había sido acribillado por los hombres de Pinochet, antes de que intentara salir de Santiago. A diferencia de Paula, su hermana menor, que era rubia de ojos claros y de carácter alegre, Ximena era taciturna. Su pelo y su mirada eran oscuros y probablemente también eran oscuros sus pensamientos. Quizás pensaba con nostalgia en los tiempos en que la paz había reinado en su país, en su familia y en todos los recuerdos felices que almacenaba en su alma. Casi no salía a la plaza y cuando lo hacía no era para unirse a los juegos de los demás niños. Como a mí, le gustaba sentarse en el árbol que había en el estacionamiento, pero en vez de trepar por las ramas como hacía yo, se quedaba sobre las piedras y las raíces. Ximena pintaba en óleo. La había visto un par de veces concentrada frente a su caballete, en esa habitación que se me revelaba a medias, gracias al limitado aumento de mis binoculares. ¿Qué relación tenía con su familia?, ¿a qué colegio iba y cómo se llevaba con sus compañeros de clase? Estas y otra decena de preguntas son las que se me ocurrían por la noche, mientras la veía desde mi cuarto. También me gustaba encontrar afinidades entre nosotras, más allá de la ubicación de nuestras ventanas, como el color de nuestro pelo y el hecho de que, para ninguna de las dos, la infancia era un campo de flores.

Una tarde en que estaba especialmente triste y necesitaba con urgencia encontrarme con ella, me asomé a la ventana antes de la hora, para ver si de casualidad la percibía, aunque fuera de paso, tras las cortinas de su habitación. Entonces noté que había fuego en su departamento. Abrí de un golpe la puerta de mi cuarto y le grité a mi abuela que llamara a los bomberos. Recuerdo que salí corriendo a la calle y subí al montículo sobre el cual estaba el árbol y esperé a que llegaran. Entonces me di cuenta: la imagen no era la de un incendio habitual en el que el fuego sale por las ventanas, sino un espectáculo mucho más discreto. Las llamas formaban una silueta semejante a la de un árbol de luz. Después de un tiempo insoportablemente largo, se escucharon las sirenas y con ellas vimos aparecer el camión de los bomberos. También llegó una ambulancia que sacó a Ximena en una camilla. Supimos después, por los vecinos de su edificio, que ella misma se había bañado en disolvente para óleos y se prendió fuego en su habitación. La noticia salió en todos los diarios. Alguien pronunció la palabra «esquizofrenia». Para mí la explicación era simple: Ximena había resuelto escapar de una vez por todas al cautiverio de su vida.

Las coincidencias no se acabaron con su muerte. Muchos años después, tras la publicación de mis primeros libros, fui invitada a formar parte del jurado de un concurso de cuentos que organiza cada año la revista chilena *Paula*. Visité Santiago en un viaje relámpago, lleno de actividades. Al recorrer las calles de esa ciudad, pensé en algunos de los chicos que compartieron parte de mi infancia. ¿Habían vuelto a su país tras la llegada de la democracia? Y, de ser así, ¿podían reconocerse en esas calles renovadas y brillosas en las que años atrás habían sido perseguidas sus familias? Pensé en Ximena, por supuesto, y también en un par de personas con historias muy trágicas como Javiera Enríquez, a quien conocí después, durante la adolescencia, y que perdió a su familia a los cuatro años de edad. La única mañana que tuve libre, pedí visitar la casa de Pablo Neruda en Isla Negra, a una hora de la capital. Además de mi hijo de diez meses, me acompañaba Silvia Ossandón, redactora de la revista, con quien entablé amistad. Nos recibió el encargado de relaciones públicas de la Casa Neruda, un hombre que había vivido exiliado en México y que me simpatizó de inmediato. Se llamaba Bernardo Baltiansky. Intercambiamos un par de frases antes de mi visita por la casa museo y descubrimos que durante los años ochenta habíamos vivido en el mismo barrio. Mientras observaba las innumerables colecciones del autor de *Confieso que he vivido* y todos los vestigios de su residencia en la tierra, tenía una sola cosa en mente: Ximena. Cuando saliera de ahí iba a preguntarle a ese hombre si la había conocido, si podía decirme algo de ella. Cualquier información, cualquier dato que me acercara un poco más a ella bastaría para satisfacerme. Necesitaba encontrar la manera de introducir el tema. Mientras pensaba en eso, me dije que, durante su vida, Neruda había escrito, viajado, desempeñado funciones de diplomático, había tenido varios matrimonios y sobre todo había construido casas, muebles, una obra colosal. Ximena en cambio había pasado por el mundo con pies inseguros y resbaladizos. Su estancia había sido corta pero fulgurante para quienes habíamos tenido la suerte de llegar a verla.

Al terminar la visita, Bernardo nos invitó a tomar algo en el café del museo. Las olas del océano lengüeteaban la arena a unos metros de ahí. Me parecía que en su suave persistencia susurraban secretos de ese tiempo no tan lejano en el que Chile había visto sobre sus costas las peores atrocidades, secretos que nadie quería escuchar todavía, como si lo que más temiera esa gente fuera despertar los fantasmas de los desaparecidos. Silvia me recordó que si queríamos encontrar un restaurante abierto no debíamos tardar en irnos. Le pregunté a Bernardo si había conocido a más chilenos en Villa Olímpica. Y, como si hubiera esperado la pregunta, me respondió que sí, que su hermana también había vivido ahí con sus hijas.

–Mi sobrina se suicidó en uno de esos edificios.

Dentro de mi cuerpo, sentí la sangre volverse tan fría como las olas de ese mar azul cobalto.

–¿Cómo se llamaba ella? –pregunté aun sabiendo perfectamente que no podía tratarse de alguien más. Bernardo confirmó el nombre. También me contó que, varios meses antes de su muerte, a su sobrina le habían diagnosticado esquizofrenia, una enfermedad que sirve para englobar todos los trastornos inclasificables y que casualmente se le atribuyó también a Javiera Enríquez. Bernardo habló de ella sin añadir nada nuevo a lo que ya sabía. Hasta que empezó a hablar de su pintura.

–Tenía mucho talento. El mejor cuadro que llegó a pintar está todavía en la casa de mi hermana y representa un árbol inmenso que había en Villa Olímpica, justo frente a su casa y donde pasó muchas horas.

–¿Y tu hermana? –pregunté–. ¿Sigue viviendo ahí?

–No, ella vive en Santiago. Si quieres, podemos llamarla.

Esa tarde tenía cita para cenar en casa de Alejandro Zambra, escritor y amigo mío. Al llegar le conté la historia y le pedí que me acompañara al departamento de esa mujer. No era lejos de donde él vivía y aceptó de buena gana. En cuanto la madre de Ximena abrió la puerta, vi el cuadro sobre la pared principal de su sala. Se trataba de una pintura con un poder de atracción como el que puede tener un rostro con mucho magnetismo. Al menos ése fue el efecto que tuvo sobre mí. Era efectivamente un retrato de nuestro árbol, si es que los árboles le pertenecen a alguien. Sobre las piedras volcánicas, las siluetas de algunos niños sentados de frente o de espaldas, cuyos rostros no podían verse claramente; niños meditabundos que no jugaban ni solos ni entre sí. Niños como ella y como yo. La pintura me emocionó hasta las lágrimas. De golpe reviví la sensación de desamparo constante de aquellos años pero, al igual que en ese tiempo en el que el llanto ante los demás era lo último que podía permitirme, me contuve. Los comportamientos adquiridos durante la infancia nos acompañan siempre, y aunque hayamos conseguido, a fuerza de una gran voluntad, mantenerlos a raya, agazapados en un lugar tenebroso de la memoria, cuando menos lo esperamos nos saltan a la cara. Me dediqué a mirar las otras pinturas que me enseñaba la madre de Ximena y a responder cortésmente a las preguntas que hacía. La conversación no fue larga. Creo que ninguna de las dos estaba dispuesta a abrir la compuerta de las emociones por miedo al torrente que a cada una se le habría venido encima; asomaban más bien como puntas de dos icebergs en movimiento submarino. Aunque era mi día libre, estaba en viaje de trabajo, y no quería ingresar en esa zona de vulnerabilidad que se impone cada vez que invoco con palabras todos estos recuerdos y de la cual me lleva varios días salir. Tampoco deseaba lastimarla ni ponerla en un estado semejante. En esa casa, Alejandro y yo tomamos un té y hablamos de literatura, dejamos que mi hijo jugara con un tambor marroquí que había por ahí. Me enteré de que Paula, la otra hija, también había vuelto a Santiago, que había sido madre igual que yo y que era fan de Manu Chao. Después nos fuimos. Sin dejar más rastro que un chupón olvidado.

Tras la muerte de Ximena, la presencia de los insectos se volvió mucho más frecuente y cotidiana pero ya no me asustaban. Había aprendido que hay cosas mucho más aterradoras que aquellos animales diminutos por ponzoñosos que fueran. También hay que decir que los insectos que se me aparecían dejaron de ser tan venenosos como al principio. En vez de azotadores o tarántulas, veía ahora lombrices de tierra, escarabajos y cucarachas. Estas últimas en particular mostraban en mis visiones una actitud amable, incluso benevolente hacia mi persona. A diferencia de los demás insectos, las cucarachas no me miraban con ojos agresivos y desafiantes; al contrario, parecían estar ahí para impedir que otros animales vinieran a molestarme. Por eso, cada vez que encontraba una en mi cuarto, en vez del nerviosismo de siempre me invadía una misteriosa calma.

Excepto por el desorden de mi abuela, el departamento seguía exactamente igual a como lo había dejado mi madre. Mucha de su ropa estaba en el clóset, entre ella, la vieja bata gris que casi siempre usaba en casa y a la que nosotros llamábamos «el pellejo». También su escritorio con los lápices siempre afilados y toda su biblioteca. Incluido el I Ching. Todo daba la sensación de que había salido de fin de semana y que en cualquier momento iba a volver a su vida cotidiana. Quizá la habríamos extrañado menos de habernos mudado a un lugar totalmente distinto en el que ella no hubiese estado nunca y en el que, por lo tanto, no fuera posible encontrar ninguna de sus huellas. En las pocas ocasiones en las que podía quedarme sola en casa repasaba con atención sus pertenencias, como si buscara un mensaje cifrado capaz de indicarme la fecha de su regreso y un indicio de que éste tendría lugar efectivamente. Y fue así, revisando sus libros y los papeles insertados en las páginas de algunos de ellos, como di con un volumen cuyo título llamó de inmediato mi atención. Se trataba de la novela corta de Gabriel García Márquez *La increíble y triste historia de la cándida Eréndida y su abuela desalmada*. Fue un sábado por la mañana. Mi abuela había salido con mi hermano al centro comercial que había cerca de casa. Abrí el ejemplar y me puse a leer con una voracidad primitiva. Desde la partida de mi madre, yo había dejado de lado muchas de las cosas que me gustaba hacer. Ni siquiera bajaba ya a las escaleras de servicio para refrescarme el cuerpo y las ideas en tiempos de calor. En esos meses leí muy poco y no escribí absolutamente nada. A mi abuela los libros le despertaban suspicacia. Sabía que en la biblioteca de su hija había ejemplares muy poco edificantes como los que exponían las nuevas maneras de enfocar el sexo. No le gustaba verme instalada en el estudio y siempre que me encontraba rondando la estantería se quejaba:

—Yo no sé para que dejó tu madre todos esos libros ahí, al alcance de ustedes. Debía haberlos guardado. No sería mala idea venderlos por kilo.

Eso decía ella, que almacenaba los periódicos de 1930 en las habitaciones de su casa.

Yo no quería que mi abuela vendiera al ropavejero los libros de mi madre, así que prefería fingir que no me interesaban, aunque ello representara un sacrificio. Sin embargo, la mañana en que encontré aquella novela ya no pude soltarla y leí, leí todo lo que pude en su ausencia y, cuando volvió, seguí leyendo en el baño, a escondidas, debajo de la sábana, una vez que cerraba la puerta de mi cuarto. Esas páginas contaban la historia de una chica, apenas mayor que yo, que vivía esclavizada por su abuela proxeneta y que habría dado cualquier cosa por deshacerse de ella. Eréndira lo intentaba todo: desde disparar un revólver en la cabeza de la vieja, hasta matarla lentamente con veneno para ratas, pero la abuela resistía a cualquier arma. La novela, por si fuera poco, hablaba de amor, de política y de erotismo. En pocas palabras, era exactamente el tipo de libro que mi abuela temía ver en nuestras manos y esa transgresión lo volvía particularmente apetitoso. El descubrimiento de esa novela fue semejante, doctora, por exagerado que le suene, a un encuentro con el ángel de la guarda o por lo menos con un amigo confidente, igual de improbable en mi vida de aquel entonces. El libro me comprendía como nadie en el mundo y, por si fuera poco, también se permitía hablar de cosas que difícilmente una logra confesarse a sí misma, como las ganas irreprimibles de asesinar a alguien de su propia familia.

Fue también en esa época cuando conocí a un chico, un poco mayor que yo, hermano de un jugador del equipo, que lograba ponerme nerviosa con su sola presencia. Se llamaba Oscar Soldevila y vivía en el edificio seis. Recuerdo pocas cosas sobre su persona. Sé por ejemplo que tenía el pelo lacio y un poco largo, un flequillo caía sobre uno de sus ojos al estilo pirata. No puedo decir si era realmente guapo o si mi percepción se debía a la gran cantidad de hormonas que, sin que yo lo sospechara, conspiraban una revolución dentro de mi cuerpo. No era la primera vez que me gustaba alguien, pero sí la primera vez que esa sensación estaba acompañada de semejante producción de estrógeno. Aunque jugaba bien, el futbol no era el principal interés de Oscar. Sé que le gustaba leer y que, a diferencia de mí, prefería juntarse con personas más grandes y no con los amigos de su hermano menor. No es que los chicos grandes me resultaran aburridos o poco interesantes. Creo que era más bien lo contrario, me parecían tan interesantes que estaba convencida de que nunca podría ser amiga de ellos. Lo que más recuerdo de Oscar es la sensación de euforia que me producía cuando estaba cerca. Estoy segura de que esa sensación fue recíproca —por lo menos durante un tiempo— pues cada vez que jugaba con nosotros y metía algún gol era a mí a quien abrazaba para celebrarlo. También hubo una tarde en la que coincidimos en el mismo escondite, mientras los demás jugaban a encontrarse. Durante unos minutos escuché su respiración intranquila junto a la mía como si hubiera subido corriendo todos los pisos del edificio. Yo deseaba que ocurriera algo pero no sabía exactamente qué. Y por supuesto nada sucedió. Llegué a mi casa y abrí el I Ching de mi madre en cualquier página, como hacía ella en su época de máxima obsesión, para saber qué podía esperar de aquella historia. No se me va a olvidar nunca la frase que leí ese día porque describe exactamente lo que estaba ocurriendo: «por dentro se mueve todo, por fuera nada se mueve. No es conveniente cruzar las grandes aguas». La época de gloria de nuestra relación debe haber durado unas tres semanas en las que alcanzamos a conversar y a contarnos a grandes rasgos quiénes éramos. Nos veíamos por casualidad. Nunca me invitó a salir, no me pidió mi teléfono, pero en esa época yo ni siquiera sospechaba que ésas fueran las costumbres. Una tarde tomé un marcador rojo y escribí su nombre en una tarjeta blanca de alto gramaje, atolondrada por la intensidad de aquella emoción desconocida hasta entonces que, como una sustancia embriagante, circulaba por todas partes en mi interior, llenándome de una especie de dicha dolorosa. A pesar del interés evidente que me demostraba, yo me había convencido de que jamás podría gustarle. Cuando miro las fotos de ese tiempo, veo a una niña delgada y larguirucha con una cara bonita y, sin embargo, lo que yo veía en el espejo en aquel entonces era algo parecido a la oruga que había encontrado la muerte en mi zapato. Un ser viscoso y repugnante. A veces pienso que haberme iniciado en la vida amorosa con tal carencia de amor propio fue de pésimo augurio y determinó mi manera de relacionarme con el sexo opuesto durante los años siguientes. Después de un tiempo en que nos encontrábamos casi a diario, Oscar dejó de aparecer con la misma frecuencia. No es que haya dejado de verme de manera repentina, sólo pasaba menos tiempo conmigo. Muy pronto me di cuenta de que tenía una amiga nueva, Marcela Fuentes, una chica mayor que ambos, un poco gorda y de estatura más bien baja pero mucho menos tímida que yo. Todas las tardes salía a la ventana de su edificio situado en la parte de enfrente, junto al de Ximena, y silbaba uniendo las manos en forma de ocarina. El sonido que producía era tan fuerte que alcanzaba un diámetro muy amplio. Oscar respondía desde su propia ventana y así se pasaban un rato, haciéndose señales. Confieso que practiqué a escondidas aquel silbido hasta que aprendí a hacerlo exactamente igual que ellos. En ocasiones incluso llegué a emitirlo desde la ventana, oculta tras las cortinas de mi cuarto.

Mi rival era amiga de Paula, la hermana de Ximena. Tenían un grupo de adolescentes y se reunían a cantar en un jardincito soleado que había detrás de su edificio. También en ese grupo estaba Florencia Pageiro, vecina mía –cuyo hermano pertenecía al equipo–, y un par de chicos más que yo no conocía. Todos habían pasado ya a la secundaria y, para quienes no lo habíamos hecho aún, se trataba de un grupo totalmente inaccesible, excepto para Oscar. Yo los veía como personas libres, con mucha más autonomía y más soltura de las que yo podía soñar en ese entonces. Las mujeres usaban jeans entallados que resaltaban las formas de su cuerpo o faldas largas de telas delgadísimas, mascadas de la India y sandalias de cuero. Según me explicó un día el hermano de Florencia, lo que oían en su casa y repetían a voz en cuello en ese jardín eran «canciones de protesta».

Una tarde, mientras volvía bañada en lodo y sudor

de un partido de futbol, me encontré con Marcela frente al edificio seis. Me preguntó a bocajarro si me gustaba Oscar. No se me ocurrió la posibilidad de que él estuviera escuchando y tampoco que ella fuera a contarle mi respuesta. Me parecía prácticamente un abuso que una niña mayor y amiga suya me viniera con eso. En el entorno varonil de diez años en el que yo me movía, que a uno le gustara alguien era un signo de debilidad y patetismo. Me faltó cancha para responderle que no era asunto suyo y que mejor se metiera donde sí la llamaran. En vez de eso le contesté que a mí Oscar me daba asco. En pocas palabras, pateé el balón con la espinilla y se lo regalé sin más al enemigo. El caso es que desde entonces empecé a ver a Oscar todavía con menor frecuencia.

Habían pasado más de seis meses desde mi incorporación al equipo del edificio cuando abrieron una liga en el club deportivo de nuestra unidad. Como era de esperar, todos los chicos que cada tarde jugaban en la plaza con nosotros quisieron acceder a ese lugar con canchas verdaderas y porterías de metal, donde se llevaba uniforme y se organizaban campeonatos. A mí también me parecía muy atractivo todo eso; el único problema era que no aceptaban niñas. Además, la inscripción costaba tres mil pesos y mi abuela no iba a darme nunca esa cantidad para que yo siguiera desobedeciéndola. Mi única alternativa, en caso de que consiguiera ser aceptada, era sacar el dinero de su billetera. Algo que hasta entonces no había hecho jamás y me asustaba de sólo pensarlo. Sin embargo estaba dispuesta a todo. El día en que mi hermano se apuntó, resolví acompañarlo a las oficinas del deportivo y defender mi causa. Argumenté que llevaba meses sin hacer otra cosa que jugar al futbol y que, a pesar de mi género, nada me interesaba más en el mundo. Pedí que me hicieran una prueba para comprobar que sabía defenderme tan bien como cualquier varón, hablé de futbol nacional y del desempeño de México en el mundial sub-veinte, pero a pesar de todo eso me mandaron a la banca sin remedio. Esa tarde mi hermano se quedó entrenando en los campos más verdes y mejor podados que había visto en mis diez años de vida. Yo, en cambio, volví a casa arrastrando los pies por el camino. Cuando pensé que había llegado a un paraje adecuado donde por lo general no pasaba nadie, me senté en una escalera de piedra, hundí la cara entre mis manos y empecé a llorar, primero tímidamente y luego cada vez con más confianza hasta soltarme por completo en algo que parecía un torrente inagotable. Pocos minutos después, sentí la palma de una mano en el hombro. Una palma caliente y familiar que no reconocí hasta que me di la vuelta y me encontré de frente con mi abuela.

—Mira nada más cómo estás llorando —dijo con expresión de asombro—, pareces una viuda. —Su tono era de represión, como siempre, y sin embargo esta vez se vislumbraba un dejo de preocupación genuina. No tuve más remedio que contarle mi problema.

Su reacción fue totalmente inesperada, al menos para mí. En vez de recriminarme que siguiera interesada en ese juego salvaje y para niños, como había hecho cada tarde desde su llegada a casa, escuchó con interés el relato de mi visita a la oficina del club y, cuando hube terminado, se ofreció a ayudarme.

La solución que mi abuela propuso fue escribir una carta de reclamo solemne al director de nuestro club deportivo.

–Ya verás como acepta enseguida –dijo ella convencida de la estrategia. Aunque su idea me pareció totalmente descabellada no me atreví a contradecirla. Estaba decidida a hacer cualquier cosa para conseguir que me admitieran en esa liga, incluso a escuchar los consejos de mi abuela. Además era la primera vez que ella se interesaba por un asunto relacionado conmigo y, más aún, que se mostraba dispuesta a ponerse de mi parte. Después de criticarme durante tantos meses, de llamarme marimacho y no sé cuántas cosas más, había terminado por aceptar mi afición futbolística. El hecho mismo representaba ya una pequeña victoria.

Como era de esperar, los argumentos de la carta que mi abuela escribió, como mi tutora, a esas insignes personas no recurrían a la igualdad de los géneros ni al derecho de las chicas a jugar a lo que quieran. En cambio hablaban de las dificultades que representa para una anciana ocuparse a solas de dos niños con exceso de energía y del calvario que estaba enfrentando. Decía también que ella no podía ocuparse de mí durante el día y que prefería mil veces pagar para saber que su nieta se encontraba en una institución segura, dedicada al deporte, y no en la calle, jugando con desconocidos. Mi abuela llevó personalmente la carta a la oficina que ya antes me había rechazado. En el membrete

85

donde apuntó su dirección, como hacía en cada correspondencia, vi que estaba escrito «con copia a João Avelanche, director de la FIFA». Yo la había acompañado al club pero preferí esperarla afuera. No quería enfrentar otra negativa.

La entrevista no duró más de quince minutos. El director acompañó a mi abuela a la puerta con una sonrisa en los labios y me preguntó a cuál de los diferentes equipos quería pertenecer. Le expliqué que mi hermano y los otros niños del edificio habían entrado a Vikingos y que ése era el equipo donde deseaba jugar.

–Vete a la cancha –me dijo–, y pregunta por Jerónimo, el entrenador, para que te evalúe.

La abuela no me quitaba los ojos de encima. Tenía en la cara una expresión adusta y era imposible descifrar sus pensamientos. Cuando el director se fue, me dio un beso en la mejilla. ¡Un beso, doctora Sazlavski!, el primero en toda su estancia en la casa. La cosa más inesperada que hubiera podido ocurrir en ese momento –aún más inesperada que mi ingreso a la liguilla– y que, durante varios segundos, me dejó con la mente en blanco.

–Te espero en el departamento –me dijo al despedirse–. Más te vale ahora pasar esa evaluación.

El examen salió bien. Sabiendo que siempre había sido mi puesto, el entrenador me puso otra vez de defensa. Entrenábamos los martes por la tarde y jugábamos los sábados de diez a doce del día. Yo ponía todo mi esfuerzo y concentración en esos entrenamientos y creo que mi desempeño no era nada reprobable. Sin embargo, no todo el mundo estaba contento con mi presencia ahí. Quienes estaban acostumbrados a verme jugar en la plaza no se sorprendieron, pero en el equipo había integrantes nuevos que no vivían en nuestra unidad y que dos veces a la semana recorrían varios kilómetros para jugar con nosotros. A ellos les parecía no sólo riesgoso tener a una mujer en su alineación, sino también algo vergonzante. Decían que por mi culpa íbamos a hacer el ridículo. Cualquiera sabe que no es fácil jugar cuando se tiene encima la hostilidad de los compañeros. Aun así, creo que me defendí correctamente. Me mantuvieron en la banca los primeros tres partidos y después me permitieron entrar en el segundo tiempo, siempre y cuando lleváramos ventaja. Poco a poco, fui ganando mi lugar entre los jugadores. Cuando por fin estaba adquiriendo cierta legitimidad en el equipo, surgió un nuevo obstáculo, quizás previsible para muchos pero totalmente inesperado para mí: como si de repente hubiera cobrado vida propia, mi cuerpo empezó a sabotearme. Lo primero que noté fue una hipersensibilidad en el área de los pezones que aumentaba con el roce de la camiseta y me impedía bajar el balón con el pecho. Cada vez que recibía un cañonazo en esa zona, el dolor me hacía caer al suelo. Sentí miedo, si esto llegaba a ocurrir en medio de un partido oficial, de inmediato empezarían a llover los gritos del oprobio, cosas como «¡Tetas, fuera de la cancha!», que ya había escuchado en otras ocasiones, sin más motivo que mi sola presencia.

Un viernes, durante la noche, tuve un sueño en el que llegaba a este descubrimiento: todos los meses que mi hermano y yo habíamos pasado con mi abuela, papá había estado viviendo en nuestra casa de campo con una familia distinta. Desperté con la certeza de que se encontraba ahí y me decidí a comprobarlo. ¿Qué iba a hacer, doctora Sazlavski, si realmente lograba verlo después de todo lo ocurrido en los últimos tiempos? ¿Iba a pedirle explicaciones o a reprocharle que nos hubiese dejado a nuestra suerte? Esa mañana me levanté muy temprano y salí de casa sin que me viera nadie. Llevaba conmigo una muda de ropa y mil pesos en monedas de cincuenta que había conseguido sacar de una alcancía de mi abuela. Era la primera vez en mi vida que cruzaba sola las puertas de Villa Olímpica, lo cual resultó mucho más sencillo de lo que había imaginado. Tomé un taxi en el sitio de la entrada y le ordené que me llevara a la estación de autobuses de Taxqueña. Por fortuna, el taxista no me pidió, como hacen todos, que le indicara el camino porque yo no tenía la más remota idea de cómo llegar hasta ahí. Apenas entré, acudí a la primera ventanilla que encontré a mi paso y pedí un boleto para Amatlán, Morelos. En ningún momento la empleada del mostrador me preguntó por mis padres. Me sorprendió circular tan libremente por la calle y los pasillos de esa estación, a mis ojos inmensa, sin que nadie se asombrara de ver a una niña sola. Toda mi vida había escuchado historias acerca de cómo los niños y los preadolescentes son secuestrados en nuestra ciudad nada más apartarse cinco centímetros de sus familiares. Mientras subía al autobús, tuve tiempo de comprobar que no era la única. Otros púberes como yo se movían por ahí a sus anchas, sin la compañía de ningún adulto. Algunos sólo eran pasajeros, otros incluso trabajaban vendiendo chicles o cargando equipaje. Viajé en uno de los primeros asientos y al llegar a la estación me puse a deambular unos minutos por el centro, hasta reconocer una calle que llevaba directamente a la casa. Tuve que caminar una media hora antes de llegar al portón de madera. A pesar del nerviosismo que me provocaba la idea de encontrar a mi padre, también me sentía exaltada por la aventura, y orgullosa de mí misma. Estaba dispuesta a enfrentar lo que fuera. Ambas posibilidades, la ausencia o la presencia de mi padre en ese lugar, no serían para mí una derrota. Fue con esa certeza como toqué la campana. Me había propuesto saltar la barda en caso de que nadie abriera. Los dos metros de piedra no eran ningún obstáculo para mis pies, acostumbrados a escalar árboles y cualquier tipo de grietas. También necesitaba saber qué había pasado con la casa a la que no habíamos vuelto en esos meses tan largos. ¿Alguien seguía pagando al jardinero para que se encargara de ella? Así pues, había pensado en casi todas las posibilidades, excepto la que encontré cuando, por fin, se abrió la puerta y me recibió una mujer vestida de enfermera. Tardé un par de minutos en poder hablar.

–¿Le pasa algo a mi padre?

La enfermera sonrió con actitud amable pero no respondió a mi pregunta. En vez de eso, me preguntó mi nombre y me invitó a pasar. Tenía la impresión de un equívoco, un desfase o algo semejante. El traje blanco de esa mujer, sus medias y sus zapatos toscos eran un pésimo presagio. También lo era su actitud evasiva.

–No que yo sepa –contestó–. Hace mucho que no viene por aquí. Pero mejor acompáñame a ver a su hermana, la señora Anita. Ella habla con él de vez en cuando. Vamos a la oficina.

Mi tía Anita era la hermana mayor de mi padre. Hacía más de tres años que no la veía. ¿Qué estaba haciendo ella en ese lugar?

No entendía un carajo pero preferí no insistir en las explicaciones y me limité a seguirla. La enfermera me condujo a la habitación principal de la casa, en la parte de arriba, que yo siempre había conocido como el cuarto matrimonial. Lo que encontré en el camino aumentó mi desconcierto: tanto el jardín como la terraza y los alrededores de la alberca estaban ocupados por ancianos. Un par de enfermeras más los llevaban en sillas de ruedas. No había ningún rastro de nuestra perra. Seguramente la tenían encerrada para que no atacara a los viejitos. Seguí caminando escaleras arriba sin preguntar. Cuando llegué, vi que la habitación estaba efectivamente transformada en una oficina: estanterías, ficheros y mesas con expedientes habían sido colocados en el lugar de la cama y del armario. Mi tía estaba al otro lado del escritorio. Al verme, se levantó de su silla y corrió a abrazarme.

–Amor –me dijo–, ¿qué estás haciendo aquí? –Su mirada era de preocupación y de lástima. La misma pregunta podría haberle hecho yo. Sin embargo preferí hacerle una mucho más urgente:

90

–¿Dónde está mi papá?

Mi tía volvió a abrazarme y respondió lo que contestaban todos.

–Sigue en Estados Unidos. Todavía no sabemos cuándo va a regresar. La que sí está aquí es tu abuelita. ¿Quieres ir a verla? –La sangre se me fue al suelo. ¿Era posible que me hubiera seguido hasta la estación? Tardé varios segundos en comprender que se refería a mi abuela paterna, a la que no había vuelto a ver en más de un año.

–Fue una idea de tu padre convertir la casa en hogar para la tercera edad. Así cuidamos de ella y, al mismo tiempo, ganamos un poco de dinero.

Su explicación sonaba sensata pero el resultado no lo era. A mí, por lo menos, me parecía desquiciante ver a tantos ancianos en bata y en piyama por los pasillos y las habitaciones. En toda la construcción se percibía un descarado olor a orines cubierto apenas por un sutil aroma a desinfectante. El estado actual de nuestra casa era la prueba de que todo se había trastocado de forma irreversible. En el muro de la sala, descubrí un letrero que decía: «Aprende a morir y habrás aprendido a vivir». La frase quedó en mi memoria. Aproveché que caminábamos en silencio para preguntar dónde estaba la Betty, nuestra perra. Me explicaron que habían debido llevarla a la casa de Guillermo, el jardinero, con la promesa de devolverla en cuanto se lo pidieran. Me alegré por la perra, el cuidador era una buena persona y le tenía cariño. Seguramente viviría mejor con él y su familia que en ese hogar donde todos esperaban la muerte.

Anita me llevó a una de las terrazas posteriores, un lugar que, mientras la casa había sido nuestra, jamás habíamos tomado en cuenta. Ahí es donde estaba mi abuela paterna, sentada en una silla de ruedas, con expresión ausente. Varios meses atrás había escuchado a papá decir que su madre padecía una enfermedad mental que la hacía regresar a diferentes épocas de su vida sin que ella ni nadie pudieran evitarlo, pero ésa era la primera vez que yo veía a alguien con Alzheimer.

–Su estado ha empeorado mucho –comentó mi tía, con gravedad en la voz–. Casi no puede hablar. Pero ¿sabes qué?, estoy segura de que se alegra de verte.

La expresión de mi abuela no mostraba ni una pizca de júbilo. Más bien se la notaba seria, con esa tendencia de la boca hacia abajo que heredamos todos sus descendientes, una sonrisa al revés muy acentuada que tenemos mi hermano y yo, mi padre, la propia tía Anita y que, años después, habría de lucir mi hijo desde la incubadora. Mi abuela se había convertido en el ser más desprotegido de este mundo, incapaz ya de decidir dónde y cómo quería vivir –como les ocurre a los niños–, pero, al mismo tiempo, contaba con una envidiable capacidad para evadirse hacia tiempos mejores. La abracé un poco como la tía había hecho conmigo en la oficina y, al hacerlo, reconocí el olor de su piel. Estuve con ella en silencio mientras Anita se alejaba unos metros para explicar no sé qué cosas a las enfermeras. Cuando volvió, me coloqué detrás de la silla de ruedas y besé el pelo entrecano de mi abuela. Fue la última vez que estuve con ella.

Mi tía me preguntó si quería pasar la noche ahí. También ofreció llevarme a Cuernavaca, donde ella vivía, y pasar con su familia el resto del fin de semana. Sin embargo, yo preferí volver a la Ciudad de México. No quería que en casa se enteraran de lo que había hecho. La abuela se alarmaría y, lo que era mucho peor, redoblaría la vigilancia, limitando esa libertad tan promisoria que acababa de adquirir. Volví al departamento como cualquier sábado por la tarde. Cuando mi hermano me preguntó por qué no había ido a la cancha, le respondí que no me sentía con ánimo de ver a nadie. No dijo nada más. Una vez en la cama, repasé las imágenes del día y, por primera vez en nueve meses, me sentí contenta de estar ahí.

Como era de esperar, mis problemas familiares y de autoestima se reflejaron también en la escuela, aunque, para ser honesta, creo que la situación había sido mala desde antes. Durante casi tres años había pasado mis mañanas escribiendo cuentos con toda tranquilidad, sin dedicarme a otra cosa. Cuando mi madre se fue, escribir dejó de interesarme, al igual que todo lo demás excepto el futbol. Toda mi energía vital se había centrado en ese deporte, como una manera efectiva de olvidarme de mí misma y de mis circunstancias.

Tengo pocos recuerdos de mis compañeros de ese año, pero sé que algunos de ellos habían estado conmigo desde el principio de los tiempos y que manteníamos una relación casi familiar. En mi mesa se sentaban Kenya y Paulina. El año anterior nos habíamos hecho buenas amigas y lo seguimos siendo entonces que todo era tan diferente. En lo que a mí respecta, la ausencia de mis padres y el conflicto continuo con la abuela me habían transformado. No sólo cambié de ropa y de corte de pelo, también se modificó la expresión de mi cara. En términos escolares mostraba un considerable retraso: mientras que mis compañeros sabían dividir y empezaban a ver las fracciones y los quebrados, yo seguía teniendo problemas con la multiplicación. En los años anteriores se habían formado en mi mente lagunas de una profundidad insondable, como las que aparecen en el programa de geografía de quinto año, sobre el que yo lo ignoraba todo. Mi carácter, presa de los cambios típicos de la pubertad, se volvió más lúgubre, más taciturno. Hablaba menos. No contaba casi nada de mi vida. Tampoco me motivaba aprender. Ahora, en vez de escribir, me dedicaba exclusivamente a la lectura. Las *Historias extraordinarias* de Poe y algunos cuentos de Kafka eran mis preferidos. Me identificaba por completo con el personaje de *La metamorfosis,* a quien le ocurrió algo semejante a mi historia. Yo también me había levantado una mañana con una vida distinta, un cuerpo distinto y sin saber bien a bien en qué me había convertido. En ningún lugar del relato se dice exactamente qué insecto era Gregorio Samsa, pero yo asumí muy rápido que se trataba de una cucaracha. Él se había convertido en una mientras que yo lo era por decreto materno, si no es que desde mi nacimiento. Tras la lectura de ese libro, me puse a investigar en el colegio acerca de esta especie y descubrí su extravagante pedigrí, del que no mucha gente a mi alrededor parecía enterada. Así como los reyes de España proceden de los Borbones, las cucarachas descienden de los trilobites, los más antiguos pobladores del planeta. Han sobrevivido a los cambios climáticos, a las peores sequías y también a las explosiones nucleares. Su supervivencia no implica que desconozcan el sufrimiento, sino que han sabido superarlo. Mi lectura de *La metamorfosis* fue de lo más confusa. Durante las primeras páginas no conseguía saber si era una desgracia o una bendición lo que le había ocurrido al personaje, que, por si fuera poco, nunca demostraba ningún entusiasmo pero tampoco dramatismo. Como él, yo también causaba cierta repulsión entre mis compañeros. Los niños son muy perceptivos y distinguían claramente el olor a infelicidad que exudaba mi cuerpo. Por fortuna, la maestra que me tocó en esa época también lo era. Se dio cuenta de que algo no andaba bien y empezó a poner en mí una atención particular. No sólo comprendió que necesitaba apuntalarme para que recuperara el nivel de conocimientos, también supo intuir que mi zozobra no era únicamente académica, sino también afectiva. Con mucha suavidad, fue formulando preguntas para conocer mi situación en la casa. Yo le conté todo. Le hablé de los insectos que se me aparecían constantemente y del miedo que tenía a perder la cordura o lo que me quedaba de ella. Le hablé también de *La cándida Eréndira*. En ningún momento reprobó que hubiera leído un libro inadecuado para la edad que tenía. Al contrario, se expresó con elogios de ese relato y de su autor, y me pidió que le contara lo que más me había gustado del personaje. Fue así como llegué a hablarle de Ximena, de lo que había hecho a vista de todos y de mi admiración por las personas que encuentran la manera de escapar a su destino.

–Es mejor que quieras matar a tu abuela y no que te hagas daño a ti misma –recomendó.

Iris, así se llamaba, se convirtió en un gran apoyo a partir de ese momento. En el sistema Montessori, los alumnos suelen trabajar por su cuenta y la maestra sólo se acerca a ellos para mostrarles el uso de algún material didáctico que no conozcan todavía. Gracias a la independencia de los otros, Iris se pegó a mí como una sombra benéfica, nunca estorbosa, nunca moralista o desaprobatoria. Parecía haberse impuesto como misión ayudarme a salir a flote y puedo decir que tuvo éxito. En algunos meses no sólo consiguió que alcanzara el nivel de mis demás compañeros, sino que me enseñó el programa del año siguiente en gramática, geografía, historia y matemáticas. Si alguna vez disfruté esa materia fue en esa época en la que me apartaba del mundo sacando las raíces cuadradas y cúbicas de cantidades inverosímiles con punto decimal. Cuando había superado el nivel de mis demás compañeros, Iris mandó llamar a mi abuela para darle el reporte de mi evaluación académica. Al salir de esa junta la anciana estaba deslumbrada. No quiso contarme exactamente lo que le habían dicho pero intuyo que fue algo muy bueno porque, al salir de ahí, me otorgó el segundo beso de toda su estancia en la casa.

Poco tiempo después mi abuela nos anunció a mi hermano y a mí que haríamos un viaje con ella para visitar a nuestros tíos en la frontera con Estados Unidos, en Juárez, ciudad que hoy padece una reputación ominosa. Además de mi madre, mi abuela había parido a cinco hijos, un hombre y cuatro mujeres más, repartidos en diferentes estados de la República. Los de Juárez, como solíamos llamarlos, eran la familia de mi tía Victoria. Una mujer generosa, de carácter amable, que desde siempre nos había demostrado afecto y benevolencia. Aunque no me gustaba la idea de salir de México y dejar durante dos semanas la compañía de mi maestra, tenía muy buenos recuerdos de esa familia a la que habíamos visitado varias veces con mis padres compartiendo con ellos largas vacaciones. Además, mi tía era semejante a Iris en muchos aspectos: cariñosa, capaz de comprender la psicología de los niños, de ponerse en su lugar y de tranquilizarlos. Mientras que la mayoría de los adultos sólo veían en mi persona a una niña hostil, insolente y agresiva, ella entendió, desde el principio, que mi comportamiento respondía a la enorme fragilidad y al miedo que me asfixiaban en aquel momento. Dedicó varias horas de su tiempo a hablar conmigo. Sus palabras tenían el efecto de unos dedos delicados y habilidosos que entraban con sigilo en mi cabeza para desactivar una bomba de tiempo. Un padre presente, jovial y dominante; una madre devota de la casa y la familia, con estudios de psicología, aficionada al trabajo humanitario y a las obras de caridad; cuatro hijos alegres y guapos que jugaban con nosotros; una casa con jardín en un fraccionamiento seguro, donde se podía patinar eternamente y andar en bicicleta: los de Juárez eran exactamente lo que nosotros no éramos. Quizá por eso nos atraían tanto. Convivir con ellos, habitar su casa, adoptar sus costumbres, pertenecer por unos días a su vida de familia funcional era como ganar un viaje a la *Isla de la fantasía,* aquel programa de tele en el que los participantes realizan un sueño en la época y en la dimensión que más les guste, pero sólo por unos días. Además, a quince minutos en coche estaba la frontera y ese país que también –al menos desde la infancia– parecía un mundo maravilloso, con sus parques temáticos, sus centros comerciales, sus casas de revista, sus jugueterías de tres pisos, sus cines limpios, su permanente olor a nuevo. El viaje, que en principio debía durar dos semanas, se prolongó más de un mes. Durante ese tiempo mis tíos nos acogieron como a dos más de sus hijos y nos incorporaron a su vida cotidiana. Como la nuestra, la escuela de mis primos era una Montessori y por eso podíamos acompañarlos durante la mañana.

Aunque la ciudad no era tan violenta como ahora, se hablaba ya de algunos secuestros y contrabando de drogas. Nosotros, claro, lo interpretábamos como podíamos, a través de frases sueltas que se escuchaban por ahí, en medio de las conversaciones adultas, en los noticieros del radio o en la televisión local. Una tarde, en el patio de mi tía, aparecieron varios billetes colgados en el tendedero. Eran dólares americanos, poco más de treinta, en billetes pequeños. Ondeaban como banderas al viento sobre los hilos de metal. Atrás, el cielo desértico de Juárez. Nadie pudo decir de dónde habían salido ni si se trataba de un mensaje cifrado. Mi tío era cirujano y por su consultorio pasaba todo tipo de personas. Finalmente, mi primo Jorge, el más pequeño, de unos cinco años de edad y a quien habíamos tratado de mantener al margen de todo el asunto, aclaró el misterio: los dólares le pertenecían. Había escuchado hablar en diversas ocasiones del lavado de dinero y pensó que ya era tiempo de limpiar sus propios ahorros. Así que a la hora de la siesta, mientras todos sucumbíamos al calor soporífico de Juárez, salió al cuarto de lavado y sumergió uno a uno sus billetes en una palangana con jabón, antes de ponerlos a secar. Volvimos de Juárez más fuertes y renovados. La influencia de la abuela se había diluido en esa familia amorosa y de actitud mucho más relajada que la suya.

Mi madre regresó ese verano. No tuvimos mucho tiempo para asimilar la noticia. Recuerdo que su presencia me resultó sorprendente, sin saber cuándo había dejado de creer en su retorno. Las dos habíamos cambiado durante esos diez meses. Se la veía más suelta, más desparpajada, como si el tiempo pasado sin sus hijos la hubiera suavizado notoriamente, mientras que a mí me pasaba lo contrario. No sólo era la expresión tensa de mi cara, también mi cuerpo había acusado varias transformaciones: ahora tenía esos pechos incipientes que mi madre miraba de reojo, de cuando en cuando, sin decir nada. No le gustaba que me encorvara para ocultarlos, pero ahora ya no se atrevía a pronunciarse al respecto. ¿Acaso su larga ausencia le había quitado legitimidad para criticarme? O por el contrario, pensaba yo ingenuamente, quizá los franceses la volvieron mucho más tolerante. ¿Cómo saberlo? Tampoco emitió un solo comentario cuando mi abuela expuso su larga retahíla de quejas en mi contra. Era imposible saber de qué lado estaba. Quizá se negaba a tomar partido por alguna de las dos, cosa que tanto mi abuela como yo consideramos una traición de su parte. Durante ese primer año en Francia, mientras vivía en la ciudad universitaria de Gazelles, mamá se había encontrado un galán al que de cuando en cuando hacía referencia como «mi novio africano». Hablaba acerca de él como quien menciona un primo distante con probabilidades de aparecer por casa, pero sin ninguna certeza. Sabíamos que se llamaba Sunil y, aunque había nacido y vivido casi siempre en la isla Mauricio, su familia y su cultura eran las de la India. También nos avisó que era muy joven y que tenía doce años menos que ella. Para decirlo de otro modo, se encontraba exactamente a la mitad entre su edad y la mía. Aunque mamá nunca lo dijo, mi hermano y yo no descartábamos la posibilidad de que se instalara con nosotros cuando llegáramos.

También mi papá apareció de repente, pero sólo una tarde. Trajo consigo una bolsa de juguetes gringos y, después de enseñárnoslos, nos llevó a un parque. Ahí nos explicó su estancia por Estados Unidos: no podía quedarse en México porque estaba huyendo de la policía. Tampoco podía aparecer por el departamento ni estar mucho con nosotros. El teléfono de casa llevaba varios meses intervenido. Viajaba de incógnito, usando sólo su primer nombre y su segundo apellido. No sabía cuánto tiempo tardaría la situación en solucionarse y tampoco si se solucionaría. A pesar de lo que pueda pensarse, toda esa información no me resultó alarmante o angustiosa. Al contrario, disipaba parte de las dudas en las que mi hermano y yo habíamos estado viviendo. Aunque aún había muchos misterios por entender, la verdad entraba al fin por las ventanas de casa, como una luz cálida y benéfica, disolviendo con su reflejo tímido la humedad y el cochambre de la incertidumbre.

III

En octubre de 1984 mi madre, mi hermano y yo nos fuimos a vivir al sur de Francia. Pasamos casi cinco años en Aix-en-Provence, una ciudad con ruinas romanas que conoció su apogeo en el siglo XV, durante la corte del rey René. Aix está llena de vestigios de aquel esplendor remoto. La ciudad es conocida como una de las más burguesas y esnobs de ese país. Sin embargo, a pocos kilómetros del centro existen también uno o dos barrios considerados de alta delincuencia y fue ahí donde nosotros encontramos una casa.

Aunque no recuerdo nada de la despedida ni del vuelo en avión, tengo muy presente la tarde en que llegamos a Aix. Tras aterrizar en el aeropuerto de Marsella tomamos un autobús que nos condujo a nuestra nueva ciudad. Esa noche dormimos en un cuarto de hotel en la parte más antigua, ubicada en el centro. Tenía once años recién cumplidos y era la primera vez que iba a Europa. Todo a mi alrededor me parecía inusualmente viejo, deteriorado y distinto. Las ventanas altísimas de nuestra habitación, el calentador de hierro, el baño dividido, la cadena para el retrete (una cadena auténtica con eslabones, no una manija o botón que presionar junto al tanque de agua), los muebles, las almohadas (una muy larga en forma de salchichón y las otras cuadradas), todo, en pocas palabras, me resultaba sorprendente. Le pregunté a mi madre si nuestra escuela también iba a ser así, pero ella no comprendió a qué me refería.

–Así de extraña –insistí yo.

Ya que había estado en nuestro futuro colegio para inscribirnos y visitado las instalaciones, podía haber dado una respuesta más extensa. Sin embargo, mientras yo me dedicaba a registrar cualquier nuevo dato, cualquier información adelantada sobre ese país desconocido, la pobre zozobraba en un océano de cosas por resolver (algunas tan inmediatas como la cena de esa misma noche). Aunque ya teníamos escuela aún no contábamos con una casa. Hasta el momento, mi madre había vivido en la Ciudad Universitaria y debía solicitar un departamento para estudiantes casados. Estábamos a mediados de octubre y empezaba a hacer frío. Al menos eso parecía aquella tarde. Mamá nos dejó en la habitación unos minutos y bajó a conseguir algo para comer. Cenamos lo que encontró en la única tienda que seguía abierta a esa hora: un yogur natural envasado en vidrio y algunas rebanadas del jamón más grueso y delicioso que había probado en mi vida. Supongo que también hubo pan pero no lo recuerdo, en cambio no se me olvida el sabor exquisito del *croissant* que me comí a la mañana siguiente.

No fue fácil convencer a la secretaria del CROUS

de que nos otorgara una de las viviendas que asignaban a los matrimonios, pero a mi madre nunca le han faltado argumentos. Tras la puerta entreabierta de la oficina, la escuché discutir con aquella mujer durante quince minutos hasta persuadirla de que dos hijos cuentan al menos tanto como un marido. De modo que salimos de ahí con las llaves de nuestro nuevo hogar en mano y una dirección a la que acudimos de inmediato para dejar todas nuestras maletas. Lo que no nos explicó la secretaria es que el edificio iba a oler a insecticida ni que la zona donde habríamos de vivir era la de mayor delincuencia en toda la ciudad.

Nuestro barrio se llamaba Les hippocampes y era considerado la parte más conflictiva de la ZAC (zona de urbanización concentrada), construida en las afueras de la ciudad. Era un barrio nuevo que reunía un conjunto de edificios alrededor de un estacionamiento en donde, cada semana, sus habitantes quemaban autos robados por las noches. Nuestro departamento era luminoso, tenía una buena vista y hasta se podría decir que también cierto encanto. La mayoría de los vecinos era de origen magrebí pero también había franceses, africanos negros, portugueses, asiáticos y gitanos asentados. Por más que indagamos, no conseguimos ubicar a ningún latino. Conservo algunas imágenes duras de aquella época, como la tarde en que me encontré a una joven esposa gravemente golpeada, en las escaleras que daban al segundo piso y en las que casi siempre se distinguía un fuerte olor a comino que emanaba de los departamentos. Ver a esa mujer así, lastimada, en un lugar que yo siempre había considerado de refugio, un lugar íntimo por excelencia, me horrorizó por completo y no pude sino preguntarme qué secretos habría tenido ella para que alguien hubiera deseado reprimirla de esa forma. No hace falta decir que, desde entonces, me fue imposible hacer de esos escalones el escondite perfecto para explorar mi cuerpo.

A pesar de lo que pueda pensarse, la zona de urbanización a la que pertenecía nuestro barrio no era fea ni mucho menos. Estaba, por el contrario, llena de jardines y espacios verdes, áreas de juegos para los niños, contaba incluso con un centro de investigación arquitectónica, creado por Victor Vasarely, conocido como el padre del Op Art, donde se almacena parte importante de su obra. Muchas veces, mientras paseaba con mi familia por el barrio, la gente nos miraba con desconfianza por nuestro aspecto excesivamente occidental (el pelo tan rubio de mi hermano y los ojos claros de mi madre los desorientaban), sin embargo, en cuanto escuchaban que nuestro idioma era otro y, sobre todo, cuando comentábamos que éramos de México, se nos abrían automáticamente las puertas de su simpatía.

El colegio en el que nos habían inscrito no estaba en el mismo lugar, sino un poco más cerca del centro. Se trataba de la escuela pública más progresista de todo Aix y sus alrededores. Seguidora del método Freinet, gozaba de mucho prestigio y de un buen nivel académico. Se llamaba La Maréchale y para llegar a ella desde nuestra casa bastaba con subirse a un autobús en la glorieta que había frente al edificio y bajar en la puerta de la escuela. Las clases habían empezado varias semanas antes de nuestra llegada y eso tenía un gran inconveniente: las parejas de amigas que se forman al principio del año ya estaban constituidas. Por decisión del maestro, me sentaron junto a una hermosa niña de cabello castaño. Se llamaba Julie. Su padre era español y suponían que por eso habríamos de entendernos. Bastaron un par de minutos para saber que Julie conocía como mucho diez palabras de la lengua paterna, que por cierto no era el castellano sino el catalán, y también que no íbamos a intimar demasiado. Más que a la nacionalidad, yo se lo atribuyo a las ideas tan diferentes que cada una tenía de sí misma: ella era una princesa de cuento y yo era Gregorio Samsa. Por cierto, doctora, el otro día, mientras caminaba en las inmediaciones de una escuela, vi a una madre que regañaba con actitud de sargento a su hijo. El niño, de unos tres años de edad, parecía aplastado por los gritos de aquella mujer descontrolada. Para defenderse, sumía la cabeza y levantaba los hombros como quien está a punto de enfrentar el derrumbe de un techo. Sentí una pena profunda: recordaba efectivamente el cuerpo y la actitud de una cucaracha.

La mejor amiga de Julie –con quien habría tenido que competir de haberme interesado mucho por mi compañera de banco– se llamaba Céline Bottier y tampoco era muy convencional que digamos. A sus once años y medio, su pelo largo y oscuro estaba salpicado por una gran cantidad de canas y su rostro parecía el de una mujer mayor, dotada de un carácter más bien serio. Sin embargo, a diferencia de mí, Celine tenía un concepto muy alto de sí misma y trataba a Julie con admirable condescendencia. En el salón había otras dos extranjeras, una belga y una neozelandesa. Aunque la belga era de origen flamenco, la neozelandesa y yo éramos las únicas que no hablábamos el idioma. Semanas antes de salir de México, tanto mi abuela como mi madre nos habían advertido que cuidáramos nuestros modales en el comedor de la escuela, ya que los niños franceses eran muy tradicionales y educados. De modo que cuando entramos por primera vez en la mentada *cantine*, mi hermano y yo nos sentimos tan nerviosos como si frente a nosotros se hubiese reunido un jurado capaz de expulsarnos no sólo de La Maréchale, sino de la sociedad francesa. Para nuestra fortuna y regocijo, ni mi madre ni mi abuela estaban bien informadas. En cuanto llegó la bandeja con las carnes frías que sirvieron como entremés ese primer día de clase, los chicos se abalanzaron con sus manos sucias sobre las rebanadas y así, sin cortarlas o colocarlas sobre un pedazo de pan, se las metieron a la boca como si, en vez de saciar el hambre, les interesara almacenarlas en su estómago en la mayor cantidad posible. Frente a semejante espectáculo no pude sino sentir un profundo alivio: los franceses no eran esos monstruos relamidos y ascéticos que nos habían pintado, sino personas comunes y corrientes, incluso un poco primitivas.

No me cabe ninguna duda de que mi madre buscó la institución más parecida a nuestra escuela de México que había en esa ciudad. Al menos, el porcentaje de seres atípicos era igual o aún más alto. Sin embargo, como dije antes, todo me parecía extraño ahí. Por un lado estaba lo intrínsicamente francés y por otro el sistema Freinet con sus bemoles: los franceses escribían en cursivas muy redondas, usaban plumas fuentes con cartuchos desechables, cuya tinta era posible borrar utilizando plumones transparentes de olor nauseabundo. Ponían comas en vez de punto decimal y representaban las operaciones matemáticas con notorias diferencias gráficas. Tardé semanas en comprender que las cuentas que hacían mis compañeros debajo de una «casita», semejante a la de raíz cuadrada, eran en realidad simples divisiones de dos dígitos. En México los cuadernos son inequívocos: los de cuadrícula sirven para las matemáticas y los de rayas para las lenguas y las ciencias sociales. La separación entre las líneas de estos últimos mide exactamente un centímetro y no es posible cambiarla como a uno le plazca. En los cuadernos franceses, en cambio, todas las planas tienen cuadros y renglones de dos tamaños distintos y, para personas indecisas como yo, saber dónde hay que escribir representaba un dilema. A diferencia del sistema Montessori, en el Freinet casi no había material ludo-didáctico. En realidad, se limitaba a fichas y tarjetones con preguntas sobre diferentes asignaturas. Otra diferencia radical: ahí el horario escolar se extendía hasta las cinco de la tarde. Cada alumno trabajaba a su ritmo pero con limitaciones: todos los lunes debían establecer un «contrato» que especificara el trabajo que habrían de realizar durante la semana y la tarea del profesor era verificar que lo cumpliesen cabalmente. También los

108

lunes se celebraban reuniones llamadas «*Quoi de neuf?*», donde los niños podían contar algo que desearan comunicar al resto de la clase. Como yo no hablaba francés, solía pasar en blanco esas tertulias.

En la escuela había tres patios a los que salíamos durante el recreo. Estaba la explanada principal donde todas las mañanas formábamos filas para entrar a nuestro salón y otras dos más pequeñas, situadas a los lados de ésta. Aunque no estaba escrito en ningún lugar, los alumnos habían decidido que en el patio más largo y profundo, un terreno inclinado y sin pavimentar, se jugaba exclusivamente a las canicas y en el otro, cuadrado y con vestigios de césped, se celebraban los partidos de futbol. También ahí se veía un poco raro que una niña participara en éstos. Yo nunca había jugado a las canicas y me incliné primero por el deporte de mi infancia, pero muy pronto dejé de hacerlo por las mismas razones que me habían hecho abandonarlo en México. Así que de manera paulatina me fui acercando a las canicas, actividad desconocida del todo para mí, que regenteaba Dimitri, un niño del Este con aptitudes ostensibles para dirigir un casino. Fue él mismo quien me regaló mi primera canica junto con una explicación somera de las reglas, acompañada de muchas señas, que me permitió acertar el tiro y ganar otras cinco esferas de vidrio con las que seguí jugando el resto de la semana. Recuerdo el ambiente ajetreado de aquel lugar. El ir y venir nervioso de los jugadores, el chasquido del vidrio y su rodar sobre la tierra. Y, aunque olvidé el valor que se atribuía a cada una de ellas, también recuerdo el nombre de las diferentes familias de canicas: *œil de chat, arca-n-ciel, plomb,*

109

neige. Esas palabras constituyen también las primeras que aprendí en lengua francesa. Para sorpresa de mi hermano, y de cualquiera que me conozca, no resulté tan mala en ese negocio (no me acomoda llamarlo de otra forma) en el que la vista y la precisión tienen un papel tan importante. Quizás el obsequio de Dimitri me haya traído suerte. El caso es que, en unos cuantos días, logré amasar una cantidad considerable con diferentes tamaños y valores. Para mi nueva colección, tejí una bolsa de lana que acabó percudiéndose en la tierra.

Otra característica desconcertante de la escolaridad francesa nos sorprendió a mitad de la primera semana después de nuestra llegada. Era miércoles a mediodía y los niños, en vez de dirigirse al comedor, se precipitaron hacia la puerta de la escuela con el mismo entusiasmo que mostraban cada día a las cinco de la tarde. Mi hermano y yo nos encontramos en ese ajetreo como quienes se ven arrastrados por un movimiento social. Le preguntamos a una maestra que comprendía unas palabras de nuestro idioma si había pasado algo extraordinario y nos contestó tajantemente, en un español que se quería castizo: «Los miércoles las clases acaban a mediodía. Vuestra madre debe saberlo.» Según ella, iban a recogernos, como a todos, afuera de la escuela. Pero mamá nunca llegó. Poco a poco la calle se fue quedando sin gente y nosotros nos hicimos a la idea de esperarla cinco horas, sentados frente a la reja de la escuela. Una de las madres que llegaron al final nos preguntó si todo estaba en orden. Al ver que no hablábamos francés nos lo volvió a preguntar en castellano. Le contamos lo que nos sucedía y nos llevó a comer a su casa. Se llamaba Lisa y su hijo Benjamín cursaba el mismo grado que mi hermano. Vivían en una parte muy bonita de la ciudad, llena de casas solas, pequeñas pero con mucho encanto. Todos los muebles eran exóticos y estaban al ras del suelo, como en las ilustraciones de *Las mil y una noches*. Nos contó que había estado casada con un hombre marroquí, el padre de su hijo, pero que las cosas no habían funcionado bien entre ellos. Ahora vivía de nuevo en Francia y se sentía mucho mejor ahí. Mientras hablaba sonó el timbre varias veces y, por la puerta entreabierta de la casa, vimos llegar a otras dos o tres personas que parecían sus amigos.

–En esta casa los miércoles son colectivos. Yo hago el *couscous* como en Casablanca y la gente que quiere puede ir llegando para acompañarnos.

Nos sentamos a comer en el suelo, sobre unos cojines dispuestos alrededor de una mesa muy baja. Si en la *cantine* había visto usar los cubiertos como lanzas, ahí ni siquiera estaban presentes. Los comensales metían la mano a la enorme cazuela para llevársela luego a la boca. Yo me sentía agradecida por aquella invitación que nos había evitado pasar horas frente a la escuela. Cuando acabamos de comer Lisa sirvió té de menta para todos y nos prestó su teléfono para avisar a mi madre dónde estábamos.

–Si no puede venir, no pasa nada. Podéis quedaros aquí hasta la hora que sea.

Pero mamá llegó casi de inmediato y así fue como también ella participó en la ceremonia del té con los demás invitados. Simpatizó desde el principio con nuestra anfitriona e intercambiaron teléfonos. Desde esa tarde, al salir de su casa, mi madre empezó a llamar a Lisa la *baba cool*, una expresión coloquial que se usa en Francia para referirse con simpatía a los hippies. En esos años había muchos en Aix y es probable que los siga habiendo ahora pues la ciudad se presta para eso. Lisa nos abrió las puertas de aquel universo. Conocía muy bien a los padres de la escuela y con algunos de ellos mantenía buenas relaciones. Conforme la fuimos conociendo, descubrimos que en el fondo era una mujer bastante intransigente. No soportaba a nadie que pudiera dar indicios de burguesía. Su actitud, más que *cool*, podía incluso rayar en el fundamentalismo. Cada vez que el azar la llevaba a casa de alguna familia adinerada y conservadora cometía actos de terrorismo de clase como el de pedorrearse sonoramente en la mesa de Año Nuevo o bajarse los pantalones para orinar en la piscina. Con nosotros, en cambio, se comportaba como toda una dama. La seguimos frecuentando durante toda nuestra estancia en Aix y también más adelante. A veces también a mí me invitaba a salir, como si fuera su amiga, y tomábamos café antes de meternos en algún cine de arte. Con ella descubrí a Pedro Almodóvar, cuya película *¿Qué he hecho yo para merecer esto?* recuerdo perfectamente a pesar de que nunca he vuelto a verla.

Aunque el novio de mi madre no vivía con nosotros, muchas veces se quedaba a dormir. En cuanto lo conocí supe que no teníamos nada que ver el uno con el otro, ni siquiera un interés común sobre el cual fincar una relación diplomática. Si con mi hermano la estrategia de Sunil consistía en hablar de futbol o de autos de carreras, conmigo la estrategia era fingir que no estaba presente. Tal vez nuestra poca diferencia de edad lo desconcertaba o tenía miedo de que un lazo afectivo entre nosotros pudiera resultar ambiguo para mi madre. Quizá mi presencia le parecía insulsa e irrelevante. Nadie podrá responderlo. Su influencia en mi vida fue sobre todo musical y culinaria. Cuando se quedaba en casa, el aire se llenaba de olores fuertes como el del fenogreco o la cúrcuma. Solía poner a Pink Floyd a todo volumen, a Bob Marley y también a un grupo llamado Barclay James Harvest que pocas veces he vuelto a escuchar en otro lado. En términos gastronómicos, solía cocinar con curry casero y leche de coco. Fueron sus recetas las que mi madre me enseñó a ejecutar cada vez que, en la repartición de labores domésticas, me tocaba a mí preparar los alimentos. Sunil se decía comunista. Tenía el pelo largo y muy negro, una nariz prominente y unos ojos en forma de almendra. Era alto, muy delgado y de piel oscura. Jugaba futbol en la universidad y en casa se abandonaba a rituales incomprensibles como mirar al sol y hacer señas con las manos, mientras respiraba por un solo orificio de la nariz.

–Está haciendo yoga –comentaba mi madre cada vez que la mirábamos con intriga, buscando una explicación a sus actitudes repentinas.

La familia de Sunil, una de las más pudientes en la isla de la que provenía, no estaba ni remotamente de acuerdo con su relación con mi madre, cuyo principal defecto no era ser divorciada y mayor, sino haber sido educada en una sociedad sin castas. Con todo, ella lo acompañó a Mauricio un par de veces.

Entre la parada de autobús y el colegio había una tienda de dulces y papelería (en México las tiendas de dulces suelen ser y expendio de cigarrillos o farmacias). Estoy convencida de que la mercancía que uno asocia a las golosinas infantiles está directamente relacionada con sus intereses adultos. Yo, por ejemplo, gusto mucho de las plumas y de los cuadernos con papel de alto gramaje, que conozco casi tanto como los fármacos y los desodorantes. Debo decir que durante el primer año los dulces franceses me resultaban un poco sosos. Ninguno tenía picante, colores fluorescentes o aspecto radiactivo y eso disminuyó en buena medida mi pasión por ellos. Sus nombres acentuaban la diferencia con los de mi país. En vez de Pulparindo o Burbuzest, allá se llamaban como las frutas y los animales: *oursons, minibananes, fraises tagada,* si es que no se distinguían sencillamente por la sustancia genérica de la que estaban compuestos. En pocas palabras, carecían de misterio y, sobre todo, del carácter escatológico que llenaba de repulsa la expresión de los adultos y aumentaba su atractivo. Con el paso del tiempo le fui tomando gusto a esas golosinas bien portadas y sin ambigüedades. Entre mis favoritas estaba el Malabar, un chicle que incluía la posibilidad de hacerse un tatuaje con saliva con sólo lamer el envoltorio y pegárselo en el brazo y también un caramelo largo llamado Carambar cuyo sabor era semejante al de los chiclosos de leche, pero de mejor calidad.

Nuestro origen mexicano parecía despertar la curiosidad de los niños de esa escuela. Cuando había oportunidad, nos preguntaban si en nuestro país se seguía usando penacho, si vivíamos en pirámides y si se acostumbraba usar el coche. Yo les contaba de todo para impresionarlos. Les decía, por ejemplo, que había pocos automóviles y que muchas veces era necesario desplazarse en elefante para llegar a la escuela.

Pasó el tiempo y la chica belga regresó a su país. Quedó vacante entonces la amistad de la neozelandesa y no la desaproveché. Se llamaba Nathalie O'Callaghan. Teníamos varias cosas en común. Además de ser extranjeras, era alta y desgarbada como yo y su hermano Michael, de la misma edad que el mío, era como Lucas, un crack del futbol infantil. Vivían en un barrio muy semejante al nuestro. Sus padres también estaban separados aunque ellos sí conocían el paradero exacto del suyo. A diferencia de todos los demás, ni a Nathalie ni a su madre les daba miedo ir a nuestra casa y tampoco que paseáramos por los alrededores, entre los potenciales delincuentes. Recuerdo que una tarde, mientras caminábamos rumbo a mi edificio, nos encontramos a una niña ruda. Todo en ella: su vestimenta de mezclilla negra, sus pulseras de púas, sus botas con casquillos, su

115

expresión iracunda, parecía diseñado para dar miedo. Al verla, no se nos ocurrió mejor cosa que empezar a molestarla. La actividad resultó bastante divertida hasta que llegó su hermana. Por primera vez fui golpeada por personas de mi edad y lo recibí de manera muy distinta a los guamazos que ocasionalmente me propinaba mi madre. Rachida y Besma, las niñas de la Zac, nos dieron una merecida paliza y, aun así, en vez de vivirlo como una humillación, me pareció que el episodio tenía algo épico y por lo tanto exaltante. Sin soltar una lágrima, Nathalie y yo caminamos con la cara roja y la respiración acelerada hasta mi casa. Por suerte, no había nadie esa tarde. Así que estuvimos bebiendo chocomilk con mucha nostalgia y hablando de las costumbres que implicaba vivir en un país colonizado por los gringos, en el que había Kentucky, McDonald's, Disneylandia cerca, cosas que nos unían y en las que éramos incomprendidas por los niños franceses y también por los que venían de otro tipo de colonias. Lo hicimos de forma instintiva, sin sospechar jamás que casi dos décadas después nuestra pelea con el mundo musulmán, que acababa de derrotarnos de semejante manera, se vería reproducida a escala internacional.

Terminé la primaria en La Maréchale y el año siguiente mi madre me inscribió en la secundaria del barrio, conocida con el nombre de Collège du Jas de Bouffan. *Jas* es un término provenzal para designar un redil o un aprisco. Años antes, aquel lugar había sido una residencia veraniega que adquirió el padre del pintor Paul Cézanne y que éste recibió después en herencia. En esa escuela los profesores ya no eran progresistas y liberales sino todo lo contrario. Trataban de imponer a toda costa una disciplina férrea para mitigar el ambiente insumiso y violento que reinaba entre los estudiantes. Yo tenía entonces doce años. No acababa de asimilar las metamorfosis a las que se había sometido mi cuerpo. Mi ropa era anticuada y mi corte de pelo más parecido al de Spike Lee que al de Madonna (el modelo de belleza que seguían las chicas de mi clase). Usaba unos lentes de pasta enormes color rosa, hablaba francés con acento latino y tenía un nombre impronunciable, vagamente similar al de una isla francesa perdida en el Caribe. El efecto corrector del parche había dado resultados sobre todo en lo que se refiere al estrabismo. Gracias a él, durante casi diez años mis ojos estuvieron alineados. Sin embargo, cuando dejé de ponérmelo, el ojo se fue acostumbrando a las delicias de la pereza y, cada vez más anquilosado, se acercaba a la nariz con una languidez exasperante. Obligarlo al movimiento habría requerido que me tapara el ojo trabajador y, por lo tanto, que me infligiera a mí misma aquello que tanto detesté y sufrí durante la primera infancia. Debía entonces elegir entre la disciplina del suplicio en aras de una normalidad física –que de todas formas jamás sería absoluta– o la resignación. Por el contrario, mi ojo izquierdo se afanaba en captar la mayor visión posible sin la ayuda de nadie. Esta actividad frenética le producía un movimiento tembloroso, conocido médicamente con el nombre de nistagmus,

117

que la gente interpretaba como inseguridad o nerviosismo. Ni los *nerds* se me acercaban. Otra vez había vuelto a ser una *outsider* –si es que alguna vez había dejado de serlo.

En esa nueva escuela había chicos provenientes de muy diversos países, la mayoría situados en el continente africano. Recuerdo a Kathy, por ejemplo, una muchacha de piel muy oscura, sonrisa despampanante y senos robustos, originaria de la Isla de la Reunión; había igualmente una gran cantidad de marroquíes, algunos asiáticos y también hindúes. La mejor estudiante de mi clase, cuyo nombre he olvidado, era del Rajastán. Tenía, en su boletín escolar, notas altísimas, incluidos varios 20/20 que, en el sistema francés, son casi imposibles de obtener. Una tarde en que le habían otorgado una de estas calificaciones para genio en un examen de física particularmente difícil, le pregunté si sabía a qué iba a dedicarse cuando fuera mayor. Me contestó sin titubeos:

– Ya lo tengo muy pensado. Seré asistente de pedicurista, como mi tía.

Se trataba de una niña sin malicia, discreta y silenciosa, que pasaba las horas libres estudiando y, aun así, me costó trabajo convencerme de que no quería tomarme el pelo con su respuesta. Después me explicó que su tía era la única mujer con trabajo en la familia y que, a diferencia de todos los demás empleos, dedicarse a la belleza de otras mujeres no estaba mal visto en su clan. Varios meses después, en un programa escolar que consistía en elegir un oficio para llevar a cabo unas prácticas profesionales, esta chica –que por su historial académico hubiera sido aceptada en la NASA o en la Aérospatiale de haberlo requerido– se decantó por el trabajo en una estética tal y como lo había anunciado. Esas prácticas no respondían únicamente a un afán informativo. A muchos de los chicos que estudiaban ahí se les aconsejaba interrumpir sus estudios al terminar ese ciclo para formarse en un oficio. Supongo que a los profesores les aterraba la posibilidad de que no concluyeran ninguna formación y se entregaran por completo a las actividades delictivas que algunos de ellos ya practicaban a medias. Había pues mucha frustración en el ambiente de aquel colegio, misma que, al menor descuido, se transformaba en violencia verbal y física. El comedor de la escuela era el lugar privilegiado para esos desplantes. A los niños nos sentaban al azar –sin consideración alguna por las afinidades personales, raciales o de edad que pudiera haber entre nosotros– alrededor de unas mesas larguísimas que nadie parecía estar vigilando y que casi siempre terminaban bajo la influencia de algún chico de comportamiento mafioso. Mi mesa, por ejemplo, permaneció todo el año bajo la férula de Cello, un joven italiano de ojos azul celeste cuyo apellido pronunciábamos «Sheló» y que se divertía atormentando a los más jóvenes y a los menos espabilados. Constantemente se apoderaba de mi postre o de los pedazos de queso que me correspondían. También solía echar municiones de migajón en nuestros vasos de agua. Sin embargo, la broma más pesada que me hizo este aprendiz de vándalo no tuvo lugar en el comedor sino en el patio de recreo y sus consecuencias fueron más devastadoras. Hablaré de ello un poco más adelante. Para sobrevivir en un entorno como aquél, tuve que adaptar mi vocabulario al argot –mezcla de árabe con francés del sur– que se hablaba a mi alrededor y mis modales a los que imperaban en la *cantine*. A los doce años, el tiempo pasa aún muy lentamente. Aunque provenía de una familia instruida y bien acomodada, el hecho de convivir varios años con inmigrantes pobres, siendo a mi vez una inmigrante pobre, de una cultura y una lengua distintas a las locales, hizo que acabara identificándome con esa nueva condición y también con el entorno.

Cada año, las casas rodantes de los gitanos se instalaban durante varios meses detrás de mi nuevo colegio. Una tarde mi hermano tuvo que volver caminando a casa por culpa de una huelga de transporte –en Francia esas cosas ocurren con cierta frecuencia–, y se encontró con un par de chicos *rom*. Según la descripción que hizo al volver, debían tener alrededor de doce años, mientras que él acababa de cumplir los nueve. También nos contó que, al verlo, se colocaron uno por delante y el otro detrás de él para intimidarlo. Acto seguido, le pidieron que se quitara el reloj y el abrigo que llevaba puestos y se los diera. Mi hermano entonces apeló a la solidaridad entre extranjeros: les dijo que no era francés y que había llegado de México con su madre y con su hermana buscando una vida mejor, como hacían ellos.

–¿Y tu padre? –preguntó uno de los chicos.

–Tuvo que quedarse en México –contestó él–, no teníamos dinero para traerlo.

Lo más increíble de la historia no es que le creyeran sino que también le devolvieran sus cosas de manera amigable y con un apretón de manos. Existen reglas de ética entre los marginales.

En el colegio, había también un grupo de alumnos franceses que resaltaba entre toda aquella «fauna étnica», como solía llamarnos el prefecto. Se trataba de unos veinte niños que vivían en las zonas rurales aledañas a Aix, la mayoría en barrios residenciales y que pertenecían claramente a otra clase económica. Los chicos de Ventabren, Éguilles y otros pueblos por el estilo venían en autobuses de lujo a la escuela, usaban ropa de marca y, lo más importante, sólo se relacionaban entre ellos.

Aunque llevábamos más de un año en Francia, México seguía siendo omnipresente en nuestras vidas. A diferencia de muchas familias emigradas, nosotros seguimos hablando español en casa, salvo cuando estaba el novio de mi madre, y a veces incluso en su presencia. No es que pensáramos todo el tiempo en la vida que habíamos dejado atrás o que comparáramos el DF con Aix, cosa que muy raramente hacíamos, sino que, de cuando en cuando, nuestro país llevaba a cabo grandes desplantes de protagonismo en la escena internacional. Una tarde, por ejemplo, al volver de la escuela, encontramos a mi madre postrada frente a la tele con una expresión de estupor que pocas veces he visto en ella. El noticiero de la una mostraba imágenes de la capital mexicana convertida en un montón de escombros. Edificios enteros se habían venido abajo. Según el conductor, varias fábricas, algunos hoteles de lujo y uno de los hospitales más importantes del país se habían derrumbado también. Las ambulancias públicas y la Cruz Roja no alcanzaban para auxiliar a la enorme cantidad de personas que seguían con vida debajo de las construcciones. Pensé en mi padre primero, luego en mi abuela y, por primera vez en un año y medio, no sentí una pizca de resentimiento; pensé en mis tíos y en los amigos que había dejado en mi escuela. Recordé también a Iris, mi querida maestra, y la imaginé tratando de huir del edificio, acompañada de un séquito de niños. En repetidas ocasiones intentamos llamar a la familia para saber si seguían con vida pero fue inútil, los teléfonos estaban inservibles. No había manera de hablar con nadie que se encontrara ahí adentro; la ciudad entera estaba incomunicada. Comprendí el esfuerzo desmesurado que hacía mi madre por guardar la calma y no hice sino asustarme más. No podía evitar imaginarme a todos mis conocidos sepultados bajo los restos de nuestra capital. El pasado podía haberse extinguido por completo en poco más de dos minutos de oscilación terrestre. Y al mismo tiempo había algo irreal en todo eso: en nuestra sala el sol entraba por los ventanales como cada tarde de otoño, la fuente seguía encendida, llenando el espacio con su sonido bucólico, y en las ventanas se escuchaba la risa de unos niños felices y despreocupados. Mi hermano optó por olvidar el asunto y se puso a jugar en el pasillo con su pelota de esponja. Mientras, mamá giraba una y otra vez el disco del teléfono: el consulado ofrecía un servicio de información telefónica y, aunque no era posible saber la suerte que había tenido cada pariente, sí podía decirnos a grandes rasgos cuáles habían sido las calles afectadas y cuáles no. Como era de esperar, el número estaba constantemente ocupado. Cuando por fin respondieron, la pregunta de mi madre me dejó totalmente perpleja:

—¿Me puede informar, señorita —dijo con angustiada urgencia—, si hubo algún muerto en el Reclusorio Norte?

Sólo después preguntó por las calles donde vivía su familia.

Cuando dejó el auricular sobre el teléfono, su rostro se había aligerado unas cuantas toneladas.

—Pueden estar tranquilos —comentó—, su padre sigue vivo.

Aunque nunca había escuchado hablar del Reclusorio Norte, no necesité pensar mucho para darme cuenta de que sólo podía tratarse de una prisión: veintiocho meses de silencio e ignorancia se iluminaron con una sola frase. Así fue como el terremoto se llevó también mis últimos vestigios de ingenuidad e inocencia. Pasé varios días digiriendo la noticia que no me resultó ni devastadora ni indignante como podía esperarse, pero que sí trastocó drásticamente la representación del mundo que me había hecho hasta aquel momento. Fue como si mi mente se hubiera tomado su tiempo para borrar a mi padre del mapa de San Diego y regresarlo por tierra hasta la capital mexicana, donde lo habían juzgado y finalmente detenido. Durante esos días de ajuste hablé muy poco. Cuando lo hice, fue para preguntarle a mamá algún detalle que me interesara comprender. No me importaba tanto lo que papá había hecho o dejado de hacer como su salud y su estado de ánimo y, por encima de todo, quería saber la fecha de su salida que todos suponíamos inminente.

Unas semanas después, recibí, por primera vez en dos años, una larga carta de mi padre. Me habría encantado conservarla para reproducir aquí algunas de esas líneas. Más que dar explicaciones o disipar nuestra posible inquietud, era obvio que esa carta había sido escrita en un momento de gran desesperación y catarsis. Nos contaba que hacía frío y que la humedad en su dormitorio era inaguantable. Nos decía también que hacía más de una semana que no podía mover un pie, que uno de los dedos se le había puesto morado, y luego negro, a causa de una trombosis; que lo había visto el médico y le habían dado medicinas pero seguía sin sentir los efectos. Nos decía también que nosotros, sus hijos, éramos lo mejor de su vida. Nos recordaba juntos cada mañana y ese recuerdo amoroso lo ayudaba a seguir vivo, sin perder la esperanza. Cuando llegó la carta, un mes y medio después de la fecha del matasellos, era probable que hubiera sanado (ya fuera por las medicinas o por la amputación quirúrgica del dedo negro) y sin embargo la carta era como un grito de auxilio suspendido en el tiempo que llegaba a nuestros oídos como tal. De haber sido mayor de edad y contado con mis propios recursos, no me cabe duda de que habría saltado en el primer vuelo a México para ir a verlo, pero a esa edad y en mis circunstancias lo único que me quedó fue contestar esa carta y esperar otro mes

124

y medio para considerar que ya la había recibido. Así empecé una correspondencia dilatada con mi padre, muy benéfica para ambos, cuyas pruebas físicas están perdidas en algún lugar del océano, pero no olvidadas.

El segundo desplante de protagonismo mexicano, menos lúgubre, es cierto, pero también muy intenso, ocurrió el año siguiente durante el Mundial de 1986, que mi hermano y Sunil siguieron sin pestañear en la misma televisión donde meses antes habíamos visto las imágenes de nuestra ciudad devastada. Aunque nosotros viviéramos en un lugar distinto, todo parecía girar alrededor de ese país en el que ocurrían los estragos. Recuerdo perfectamente al Pique, la mascota del mundial, porque mi hermano y yo llevamos ese apodo durante los últimos meses de escuela y a Mar Castro, la «Chiquitibum», que los niños mencionaban en el comedor preguntándome si la conocía personalmente; recuerdo también la final entre Argentina y Alemania y antes el polémico gol de Maradona que en casa apoyamos pues México había perdido y Sunil no soportaba al equipo de Inglaterra. Sin embargo, contrariamente a lo que se podía esperar de mí, yo no seguí el Mundial con la pasión desbordada que sin lugar a dudas habría demostrado un año antes. Habían pasado tantas cosas en los tiempos más recientes que ya no quedaba espacio en mi ánimo para más emociones fuertes.

125

IV

Las primeras vacaciones que pasamos en México estuvimos sobre todo en el caserón de mi abuela. Varios cambios habían tenido lugar durante todo ese tiempo. Más allá de los escombros del temblor, visibles en todas partes, tampoco en la escala familiar habían terminado los derrumbes. Uno de estos cambios, pequeños pero elocuentes, lo notamos al llegar del aeropuerto. En el camino, la abuela había estado repitiendo que nos tenía una sorpresa en el techo de su casa. En cuanto estacionaron el coche, mi hermano y yo subimos al tercer piso para ver de qué se trataba. Ahí encontramos a la Betty, que había desaparecido dos años antes en las calles de Amatlán. En cuanto nos vio, se puso a ladrar de alegría y se nos echó encima amorosamente. La abuela comentó que, por primera vez en varios meses, se mostraba así de contenta. Luego me dijo con un tono entre misterioso y divertido:

–Dicen que los perros se parecen a sus dueños y ésta salió idéntica a ti.

126

Nos quedamos en aquel lugar casi todas las vacaciones, desde fines de junio hasta finales de agosto. Mi madre volvió a Francia casi de inmediato para comenzar la redacción de su tesis. A pesar de lo difícil que había sido nuestra convivencia un par de años atrás, permanecer en casa de la abuela no me resultaba tan ominoso como podría pensarse. Esta vez, ambas sabíamos que iba a ser por un tiempo relativamente corto y eso nos relajaba. Además, en un par de semanas, mis primos vendrían a visitarla durante quince días y la casa estaría alegre, llena de chicos de diferentes edades. Como siempre que llegaban parientes, la abuela empezó a mover sus pertenencias de cuarto en cuarto para reacomodarlas. Las bolsas y los zapatos de los años cuarenta circularon de nueva cuenta por los pasillos y el hall, en un movimiento imposible de descifrar y mucho menos de pronosticar. Sin embargo, esta vez la ola contenía un elemento nuevo e inquietante: entre los recortes de periódico, los sombreros y la ropa que asomaban de todas esas cajas, pude reconocer mis propios juguetes. Al parecer, se habían incorporado a ese maremágnum todas aquellas cosas que decidimos no llevarnos a Francia. Mi niñez formaba parte ya de aquel pasado movedizo y a la vez presente como nadie en esa casa, como una sustancia arenosa dispuesta a engullirlo todo en el menor descuido. Pero el suceso más memorable que tuvo lugar durante esas vacaciones fue nuestro esperado reencuentro con mi padre. Ahora que por fin se había revelado su paradero era posible visitarlo.

Papá estuvo internado en el Reclusorio Preventivo Norte, conocido también como RENO, una prisión para personas que aún no han sido juzgadas definitivamente. Mientras esperaba su sentencia, tenía derecho a llevar ropa de tonos beige, un color vago e indefinido, a medio camino entre el marrón escatológico y el blanco de la inocencia. En la cárcel de los condenados –lo supimos después– se usaba el azul marino, un color que no permite ambigüedades. Mi abuela, quien ya había ido antes a verlo, fue nuestro Virgilio hasta aquella institución, un lugar que no era exactamente un infierno sino un purgatorio y también una especie de casino donde la suerte podía favorecerte de golpe o dejarte en la peor de las bancarrotas. Muchos de los presos influyentes, los mafiosos y los narcotraficantes vivieron ahí durante esa década, en celdas acondicionadas a su estrafalario y lujoso nivel de vida. La manera que eligió mi abuela para llevarnos hasta aquel lugar no fue el aséptico automóvil, ni tampoco el taxi de sitio en el que solía moverse, escogió –y creo que con cierta razón– llevarnos por el camino que toma la mayoría de los que acuden ahí: utilizando el transporte público, que en esa época era particularmente viejo, sucio y disfuncional. Emprendimos pues una suerte de procesión trabajosa que cruzaba toda la ciudad por los rumbos que inspiraron a Luis Buñuel *La corte de los milagros,* barrios donde la gente vivía en construcciones endebles de lámina o de cartón y se calentaba las manos en anafres humeantes. Ya cerca del reclusorio, se podía ver un despliegue de puestos de comida, relojes, bolsas, peluches, ropa interior, videocasetes o adornos para el hogar, semejantes a los que rodean algunas estaciones del metro. Aquel paseo resultó ser una transición adecuada y también una anestesia. Gracias a eso, al llegar a las puertas del reclusorio no sentimos espanto y tampoco una sorpresa desconcertante.

El reclusorio era de color gris y de forma más bien cuadrada o rectangular, lo que en arquitectura suele llamarse una estructura tipo peine. En él se habían distribuido originalmente diez dormitorios plantados en batería, además de los dormitorios de Ingreso y otro de Observación y Clasificación por el que debía pasar inevitablemente cada nuevo interno antes de que se le asignara un espacio definitivo. Para acceder al lugar en el que estaban los presos tuvimos que formarnos en varias filas y esperar nuestro turno. Al iniciar cada una de esas esperas, nos pedían anotar en una lista nuestro nombre y el nombre de nuestro familiar, debajo de la columna «Reo», como en un extraño ritual de iniciación o pertenencia. También preguntaban la relación o parentesco y así fue como escribimos, unas cinco veces, la palabra «padre» en esa lista donde estaban los nombres de los supuestos criminales de nuestra capital. La sensación que yo tenía en ese momento es que se trataba de un error monumental, una injusticia arbitraria del destino a la que debíamos hacer frente como había ocurrido antes con el divorcio, la muerte de Ximena o la partida de mi madre a Francia. No sé qué opina usted, doctora Sazlavski, pero, para mí, lo supuestamente maravilloso que tiene la infancia, según mucha gente, es una de esas jugarretas que nos tiende la memoria. Por más diferencias que existan entre una vida y otra, estoy convencida, doctora Sazlavski, de que ninguna niñez puede ser del todo placentera. Los niños viven en un mundo donde la gran mayoría de sus circunstancias son impuestas. Otros deciden por ellos: la gente que han de tratar, el lugar en el que han de vivir, la escuela a la que asistirán, incluso lo que deben comer cada día. El hecho de que mi padre estuviera preso era parte de lo mismo. De nada servía llorar o estar en desacuerdo.

Las personas que hacían la fila a la intemperie y después en la sala de espera pertenecían, casi todas, al género femenino. Eran madres, hermanas, esposas y hasta suegras o exsuegras –como en el caso de mi abuela– las que iban a visitar a los reclusos. Muchas llevaban canastas con guisos aún calientes, tortillas, provisiones para la semana y por eso tardábamos tanto en circular: debían revisar que ninguna metiera armas o sustancias tóxicas. Había ocurrido varias veces. Mi padre nos contó que una señora solía introducir marihuana en los pañales de su hijo, para que su marido viviera de su comercio. Nosotros, hasta donde recuerdo, no llevábamos ni comida ni marihuana. Nos habíamos vestido, eso sí, con mayor formalidad que de costumbre. Mi hermano, que en ese momento rondaba los ocho años, llevaba un saco azul marino y yo una falda con pantimedias blancas, un atuendo algo ridículo, o por lo menos desubicado, que no hacía sino subrayar nuestra inadecuación a aquel sitio. No éramos los únicos «güeros» que había ahí. Otras personas de clase media y alta esperaban también en aquella antesala y relucían como ratones blancos en una jaula de ardillas. Pero tampoco había complicidad entre nosotros, al contrario, todos asumían la actitud de quien se encuentra ahí por equivocación. Ni siquiera en el interior de cada clase social mexicana existe una sensación de pertenencia o de gremio. «Solidaridad» era una palabra casi desconocida en ese entonces, que poco tiempo después habría de desprestigiar por completo un presidente. Aunque nosotros no llevábamos canasta ni bolsa de mercado, tuvimos que soportar varias revisiones a nuestra ropa y al bolso de mi abuela. Nos hicieron descalzarnos y supervisaron hasta nuestros calcetines. Manos toscas de celadora pasaron por la superficie de todo mi cuerpo para constatar que no estaba introduciendo nada ilegal. Después de aquel preámbulo, por fin accedimos al espacio para internos donde pudimos reunirnos con mi padre en un enorme restaurante. Quienes vivían allí, solían llamar al reclusorio «Reno Aventura», en alusión a Reino Aventura, un parque de diversiones construido pocos años atrás en el sur de la ciudad, muy cerca de donde vivían las hermanas Rinaldi.

Son asombrosas las trampas de la memoria. Sé, por ejemplo, que sentí mucha lástima por mi padre al verlo en una de esas mesas, con los ojos llenos de lágrimas por la emoción de encontrarse con nosotros y, a la vez, mi recuerdo quisiera hacerme creer que ese lugar austero y limpio no era tan malo, y tampoco insoportable estar ahí dentro, como si trucando las imágenes remotas se pudiera conseguir mitigar el dolor ya pasado. Lo que lastima al recordar no son las circunstancias, que por fortuna ya no están, sino el solo reconocimiento de lo que antes sentimos, y eso nadie, ni siquiera una amnesia o el mejor de los analgésicos, puede cambiarlo. El dolor permanece en nuestra conciencia como una burbuja de aire cuyo interior está intacto, esperando a que se le invoque o, en el mejor de los casos, se le permita salir. Después de algunos minutos de reconocimiento alegre y emocionado (al parecer habíamos crecido y cambiado mucho desde la última vez), mi padre empezó a hacer bromas acerca de su condición y del lugar en el que nos encontrábamos. Nos contó los apodos de algunos prisioneros y las historias más sorprendentes y estrafalarias que éstos le habían referido. Su olor había cambiado pero se lo veía sano y bien alimentado. Mi abuela hizo hincapié varias veces en esto. Mantenía el increíble sentido del humor que siempre lo ha caracterizado y que suele aflorar en los momentos de mayor patetismo de nuestra historia familiar, como los velorios, las esperas preoperatorias o la agonía de nuestros seres queridos. Alguien que no lo conozca tardaría quizás en comprender: no se trata en lo más mínimo de una actitud frívola sino de una capacidad asombrosa para distanciarse del momento presente y para reírse de él. Aunque sí habló de la corrupción de los guardias y de lo difícil que era conseguir buena compañía ahí dentro, se reservó las peores historias para otro momento. Sólo muchos años más tarde habría de contarnos las anécdotas sobre el maltrato y la extorsión que ocurrían ahí y que le había tocado presenciar.

Mi hermano, que no había abierto la boca duran-

132

te toda nuestra estancia, soltó por fin la pregunta que parecía atormentarle:

—Papá —preguntó—, ¿dónde están los asesinos?

Entonces mi padre nos explicó que el dormitorio 5 era de los narcotraficantes y el 3 el de los homicidas. En ese lugar se admitía tácitamente que no todos los homicidios pueden juzgarse de la misma manera, que algunos son involuntarios o imprudenciales, otros en defensa propia y por lo tanto necesarios, otros responden finalmente a crímenes de pasión. En cambio, los que sí recibían toda la desaprobación de los internos eran los violadores. Siempre que llega alguien acusado de tal cosa al reclusorio, debe pasar por un largo corredor espontáneo de presos que se aplican en golpearles la cabeza y el rostro. Papá nos contó también que a él lo habían ubicado en el dormitorio 4, «el más tranquilo de todos», destinado a delincuentes de cuello blanco.

En esas fechas habían atrapado a dos de los mayores capos de la droga en México durante los años ochenta, conocidos como Ernesto Fonseca, Don Neto, y Rafael Caro Quintero, con toda una corte de colaboradores, de modo que el dormitorio 9 fue dejado enteramente a su disposición y hubo que reubicar a los sobrantes en edificios anexos. Varias veces por semana se organizaban pachangas para ellos en las que tocaba la tambora hasta altas horas de la madrugada.

El recuerdo que tengo de esa visita, una vez que estuvimos reunidos, es más bien alegre y entrañable. El rencuentro que tanto había estado necesitando. La comida en prisión no era tan mala como suele creerse.

Un trío tocaba en una de las esquinas más alejadas de aquel patio, ambientando el lugar con sus canciones románticas, sin que llegara a ser molesto. Como a las seis de la tarde, anunciaron que era hora de despedirse. Nos dijimos adiós deseando en voz alta que nuestro siguiente encuentro fuera por fin en otro lugar. Otra vez tuvimos que adentrarnos en largas filas y gente que apretujaba. La abuela decidió que volveríamos en taxi y así el regreso se hizo mucho más corto.

¿Qué había hecho mi padre? ¿Qué delito se le imputaba exactamente? Eso es algo que –aunque lejos de tenerme sin cuidado– yo no quería saber. Pude haberlo preguntado a mi madre, o a mi abuela, quienes me habrían contestado sin ningún problema, pero yo preferí no hacerlo. Seguramente me habría dado cada una su propia versión de los hechos y su propio juicio moral (mi abuela el de 1900, mi madre el de los años setenta). Tuve la oportunidad, durante la visita al reclusorio, de preguntarle a él mismo su punto de vista y escuchar de sus labios su propia historia y sin embargo también preferí abstenerme. Quería demostrarle al mundo que, como el suyo, mi amor hacia él era incondicional y que la falta que se le achacaba, así como el hecho de que fuera inocente o culpable, me tenía totalmente sin cuidado. Se trataba pues de una especie de pacto tácito conmigo misma y tengo la sensación de que mi hermano adoptó una actitud semejante. Yo sabía muy bien quién era mi padre. Sabía que era una persona amorosa y responsable que había demostrado siempre mucha atención y cuidado hacia su familia, incluida su exmujer. Sabía que era un hombre generoso y de buenos sentimientos, capaz de conmoverse con un niño o una anciana en condiciones de indigencia hasta vaciar sus bolsillos; alguien que no hacía trampa en los juegos, ni siquiera para divertirse, y que cumplía casi siempre su palabra. Sin embargo, a la distancia, me pregunto, doctora Sazlavski, si en ese posicionamiento mío no se escondía también un gran miedo a descubrir algo que no me gustara, algo terrible y ominoso. Después supe que el delito que se le atribuía era el de peculado. Una palabra que yo nunca antes había oído y que sigue teniendo para mí la sonoridad de una enfermedad venérea más que la de una falta de civilidad y que no significa otra cosa sino desvío de fondos. En los años posteriores a su salida tuve oportunidad de hablar con él al respecto. Afirma, y le creo a pie juntillas, que, de haberse quedado con el dinero que le imputaban, habría podido pagar fácilmente su liberación en esa sociedad corrupta de la que todos formábamos parte. La verdad es que mi padre salió de ahí sin un centavo ni un colchón donde pasar la noche. Parte de su sentencia consistió en desposeerlo de la totalidad de sus propiedades y bienes. Pudimos, por suerte, salvar un departamento y nuestra casa de campo que, tras la separación, se habían puesto a nombre de mi madre y constituyen hoy en día un porcentaje importante del patrimonio familiar.

Tampoco Betty, nuestra perra, era feliz en el DF. Su historia me recordaba la de Heidi, aquella niña de la pradera que después de haber crecido en el campo,

135

persiguiendo tejones en toda libertad y corriendo a sus anchas, se ve obligada a vivir arrimada en la ciudad de Frankfurt. A pesar de la alegría que demostró cuando volvió a vernos, estaba flaca y en su rostro perruno se veía una expresión de resentimiento. Aunque subíamos a visitarla cada mañana, no era suficiente para componer su ánimo. Lo normal habría sido sacarla a pasear dos veces al día como a cualquier perro que se respete, pero a nosotros no nos permitían salir solos. Mi abuela argumentaba que hacer bajar a un pastor alemán por las escaleras de metal que daban al techo de la casa, y luego por las de servicio para acceder a la calle, era no sólo una complicación sino un tormento para la propia perra. Es verdad que la Betty tenía un cuerpo demasiado grande, pero también tenía agallas. Muchas veces, durante la noche se la escuchaba aullar de tristeza y aburrimiento desde esa superficie de cemento donde lo único que se observaba era el jardín de los vecinos y el flujo constante de un eje vial. Según nos contaron, era necesario amarrarla porque ya en varias ocasiones había intentado fugarse saltando de azotea en azotea por toda la cuadra, hasta encontrar una escalera de servicio, actitud bastante comprensible y en la que según mi abuela radicaba nuestro mayor parecido.

Poco tiempo después de haber escuchado esa historia (y después de mi primera visita a la cárcel), subí al techo de la casa y le desaté la correa. La Betty no desaprovechó esa oportunidad. Se escapó de inmediato y estuvo ausente más de una semana. Siete días de remordimiento en los que no confesé mi responsabilidad a nadie. Una mañana finalmente la encontramos sentada frente a la casa. Estaba esperando que la dejáramos entrar. El veterinario vino a verla para revisar que no se hubiera contagiado de sarna ni nada por el estilo durante sus días de fuga, pero lo único que nuestra perra había contraído era un incontestable embarazo.

Volvimos a Aix después de aquel verano. Allá el calor seguía en su apogeo, al punto que resultaba imposible taparse con la sábana durante la noche. Entré a 5ème, que en México corresponde al segundo año de secundaria, en el mismo colegio. Ese año, al llenar el formulario de inscripción, mi madre nos advirtió que a la pregunta sobre la actividad laboral de nuestro padre respondería con la palabra «psicoanalista». «Prisionero» para empezar no era un trabajo. Además, podía despertar todo tipo de sospechas infundadas acerca de su persona. ¿Qué íbamos a hacer, por ejemplo, si nos asignaban una trabajadora social —«una de esas brujas», como las llamaba mi madre— para que nos evaluara psicológicamente? Había que pensar en todo. Aunque nunca lo afirmó abiertamente, creo que mamá temía, y con toda razón, que no pasáramos aquel examen.

En segundo de secundaria seguía siendo una niña retraída, en los límites de lo antisocial, pero esta vez en mi salón apareció un individuo que se me asemejaba en temperamento e intereses y con quien, extrañamente, simpaticé de inmediato. Se llamaba Blaise. Era rubio y de estatura más bien baja. Hasta ese año, y desde tiempos casi inmemoriales, los varones solían ser más bajos que nosotras. En cambio, a partir del grado siguiente la mayoría acusaba un cambio notable: los labios superiores comenzaban a cubrirse de un vello oscuro, la voz, teñida de modulaciones extrañas e incontrolables, se estabilizaba y los miembros, al igual que la espalda, adquirían en muchos casos una mayor corpulencia. Por esa razón, muchas de las chicas de mi edad se colocaban durante el recreo en puntos estratégicos del patio que les permitieran ver los partidos de rugby o de handball cuando los competidores eran los muchachos de 3ème y 4ème. Las que más alharaca formaban acerca de la testosterona eran la reunionesa Kathy y su amiga Mireille, originaria de Pontoise, cuya piel lechosa y cubierta de tal cantidad de acné la hacía asemejarse a uno de esos quesos demasiado maduros y con protuberancias. Sus ojos azules constituían el único elemento realmente humano en aquel rostro de superficie movediza. Ambas admiraban jaculatoriamente al género masculino de casi cualquier generación, incluidos los profesores y los padres de las demás alumnas. Entre sus libros de texto solían intercalar revistas del corazón especializadas en chicas de su edad que publicaban consejos sobre cómo utilizar correctamente el maquillaje y los accesorios para la ropa. Mi relación con ellas era buena, aunque no demasiado cercana. A veces, cuando la clase resultaba en extremo aburrida, o me notaban nerviosa por algún ejercicio dejado en el pizarrón en clase de álgebra, hacían llegar de mano en mano una de estas publicaciones hasta mi mesa. Recuerdo en particular un artículo notable que discurría sobre la manera correcta de practicar el beso de lengua, que en francés solíamos llamar «rodar un patín o una pala». El autor aconsejaba practicar un tiempo a solas con la mitad exprimida de una naranja para adquirir la destreza y la sensibilidad necesaria en los labios. Sin embargo, a la hora de la verdad, no se debía olvidar sacar la lengua lo suficientemente lejos como para encontrar la del otro, pero no tanto como para importunarlo. En ese momento empezaba la actividad giratoria que, en el beso francés, parece constituir el meollo del asunto. Entonces era importante encontrar la sincronía para girar con la lengua ajena, a la misma velocidad, primero hacia un lado y luego al revés. Recuerdo que, al terminar el artículo, levanté la cabeza y miré al conjunto de la clase, que fingía estar absorta en el cálculo. Miré a mis compañeros tratando de averiguar cuántos de ellos, y sobre todo *quiénes,* habían pasado ya por un trance semejante. Hay que decir que de haber hecho una encuesta, la mayoría habría mentido acerca de su situación: a esa edad resultaba vergonzoso confesar que uno carecía de experiencia. Las palabras *pucelle* o *puceau,* que se refieren a un púber aún sin desvirgar, constituían el peor insulto que alguien podía recibir en ese colegio. Se podía ser *pucelle* de arriba o de abajo, lo cual indicaba si a una la habían besado o si se había ido a la cama con un varón. La mayoría de las chicas —con excepción de las más osadas— prefería inscribirse sólo en la segunda categoría, casi nunca en la primera y jamás en las dos, a menos que su familia fuera extremadamente religiosa, como era el caso de las hindúes y alguna que otra musulmana. A pesar de su rostro deforme, estaba segura de que Mireille había besado ya a unos cuantos. Se notaba en cierta seguridad que tenía al hablar con los chicos más grandes, de la que carecíamos todas las demás, como si los conociera al revés y al derecho. Kathy, por su parte, era una de las chicas más sexys de toda la escuela y se rumoraba que había salido varios meses con un alumno de 4ème, pero de otro colegio. También estaba Ahmed, un muchacho argelino que había reprobado dos años antes de caer en nuestro grupo y que perseguía a mis contemporáneas con actitud de palmípedo en un gallinero. Fuera de esos tres expertos, resultaba difícil adivinar si alguien más había tenido algún encuentro significativo con el sexo opuesto. La sola idea era algo que a mí me resultaba atractivo y repugnante a partes iguales. Me moría por estar en brazos de uno de esos galanes de 4ème y dejarme besar como quien devora en pleno sol una naranja, pero el asunto de la lengua y la saliva, de la fragilidad y la exposición que suponía aquel momento, rayaban en lo insoportable.

Blaise no era, ni mucho menos, uno de esos varones de físico musculoso. No me gustaba nada y estaba claro que, por mí, él sentía algo semejante. Supongo que eso facilitó nuestra relación tan cercana. Hay quienes aseguran que no existe la amistad genuina entre hombres y mujeres. Me gustaría conocer su opinión acerca de esto, doctora, pues se trata de una idea con la que estoy en completo desacuerdo. A lo largo de mi vida, he llegado a establecer una complicidad muy grande con algunos hombres, casi tan grande como la que tengo ahora con mis mejores amigas. La presencia de Blaise ese año implicó para mí la salida del solipsismo. En octubre ya nos sentábamos juntos en casi to-

140

das las materias. También nos buscábamos durante las horas muertas que había entre la comida y la primera hora de clase. En cambio, los recreos los pasaba sola, caminando de un lado a otro del patio, mientras saludaba a mis conocidos sin sentirme lo suficientemente bien en algún grupo como para permanecer ahí más de cinco minutos. Recuerdo que una de esas mañanas sin sosiego Cello, el chico mayor con el que compartía mesa en el comedor de la escuela, se me acercó abruptamente, derrochando simpatía. Después de sacar conversación sobre cualquier tema durante un par de minutos, me dijo que tenía algo que confesar: al parecer, Sebastien, su mejor amigo, quería conocerme y le había pedido a él que me lo presentara. El timbre del recreo interrumpió lo que estaba diciendo.

–En fin, uno de estos días acércate y los presento –sugirió antes de marcharse.

Mi desconcierto fue tal que cuando las filas empezaron a formarse junto a la puerta del edificio, yo seguía en el mismo lugar, en medio del patio. Tuve que hacer un esfuerzo para reunir los pedazos fragmentados de mi conciencia y lograr volver a mi salón. Yo había visto varias veces al amigo de Cello y lo ubicaba perfectamente. Era, desde mi punto de vista, uno de los chicos más atractivos del colegio y, por eso mismo, la supuesta confesión me parecía inverosímil. ¿Cómo ese muchacho que podía escoger entre las diferentes reinas africanas o rubias de la escuela iba a fijarse en una de las intocables que merodeaban subrepticiamente por el patio de la escuela? Era para no dar crédito, así que decidí pedir consejo. Mireille y Kathy se miraron asom-

141

bradas. También ellas ubicaban muy bien al candidato.

—No tiene lógica —dije yo, tratando de ser realista.

—Pero el amor tampoco la tiene —respondió Mireille, con un tono decididamente esperanzado—. Aunque tú no lo sepas —continuó su boca de queso— eres una chica muy bonita.

—Quizás le interesa México —opinó, un poco menos entusiasta, la reunionesa.

Jamás se me había ocurrido pensar que ser mexicana pudiera resultar interesante para un hombre de 4ème.

Entonces se me vino a la memoria el diálogo que había tenido con Marcela en la Villa Olímpica, frente al edificio de Oscar, un par de años atrás. No quería que volviera a pasarme lo mismo y que Sebastien se sintiera rechazado sin darle una oportunidad.

—¿Por qué no le escribes una carta? —sugirió Kathy. Su amiga estuvo de acuerdo.

—¡Una carta! ¿Para qué? —pregunté yo, alarmada.

—Para decirle que a ti también te gusta pero que jamás has salido con un chico y te falta práctica.

Yo nunca les había mencionado mis experiencias con hombres a esas dos. Me dije que si para ellas era tan evidente que era una jodida *pucelle,* también lo sería para él. ¿Para qué poner entonces el dedo en la llaga?

—Así rompes el hielo —aseguró Kathy—. Si quieres, te podemos ayudar pero no con la ortografía.

Esa misma tarde, a la hora de la comida, en vez de reunirme con Blaise en el salón de estudio me senté en

142

una banca a redactar la famosa carta. Las chicas la revisaron por la tarde y le cambiaron un par de frases irrelevantes. Terminé de pasarla en limpio después de la cena, mientras fingía concentrarme en mi tarea. Decoré la hoja con calcomanías de mariposas que tenía en el cajón de mi escritorio para simbolizar lo que sentía por dentro. En la noche, cuando las luces estaban apagadas en nuestro cuarto-sala de estar, le conté a mi hermano todo lo sucedido. Nuestra relación no era muy cercana en aquel momento, pero siempre tuvimos la regla sobrentendida de que, en las cosas graves e imponderables, podíamos contar con el otro. Escuchó con paciencia los detalles de mi relato y el resumen de la carta.

—No tienes ninguna posibilidad —contestó tajantemente—. Sebastien nunca te ha tomado en serio.

—¿Cómo lo sabes? —pregunté, intentando ocultar lo mucho que me ofendía.

—Él está en 4ème, es el mejor jugador de rugby de la escuela, todas las chicas lo buscan. Tú estás en 5ème, eres *pucelle* y además bastante fea.

—Y tú eres un *minot* de 6ème con cerebro de chícharo —dije en plan vengativo— que no sabe nada del amor ni de su falta de lógica.

Esa noche no pude dormir. Con la lámpara encendida debajo del edredón, pasé casi ocho horas leyendo *La noche de los tiempos,* de René Barjavel, una novela que Blaise me había recomendado. Aunque era de ciencia ficción, situada en el polo norte, en una época futura y con grandes avances en la tecnología espacial, la historia no podía ser más romántica. Su influencia

143

no hizo sino aumentar mi nivel de expectativa sobre aquel encuentro que suponía en ciernes.

Entregué la carta a Cello la tarde siguiente, en el comedor de la escuela, y él me miró con una sonrisa cómplice.

–Por qué mejor no vienes y te lo presento ahora mismo –sugirió. No encontré las fuerzas para hacer eso: la carta había agotado todo el valor del que disponía en ese momento.

Pasaron tres días antes de que tuviera alguna noticia de ellos dos. Por precaución, pasé aquellos recreos con mis dos asesoras. Estábamos juntas cuando vimos a Cello extendiendo la carta a su amigo. ¡Había tardado todo ese tiempo en hacerlo! Sebastien leyó en voz alta y, desde la distancia, reconocí en sus labios algunas de mis palabras cuidadosamente elegidas. Antes de terminar, los dos se torcían de risa junto a la reja del patio. No supe dónde meterme.

–Par de idiotas –dijo Kathy, indignada.

Mis (malas) consejeras me obligaron a dar la media vuelta, sin pronunciar nada más sobre aquel asunto y, sobre todo, sin explicarme cómo sentarme esa tarde en la mesa de Cello y todos los días siguientes, ni tampoco cómo continuar yendo a la escuela después de lo que había pasado.

Según lo que he podido observar, cuando un acontecimiento nos lastima hay dos tendencias generales para afrontarlo: la primera consiste en repasarlo una infinidad de veces, como un video que proyectáramos una y otra vez en nuestra pantalla mental. La segunda consiste en arruinar la cinta y olvidar para siempre ese hecho doloroso. Algunas personas solemos emplear ambas técnicas en la edición de nuestras memorias. Sé que primero el episodio de la carta a Sebastien ocupó mis pensamientos obsesivamente y ahora, cuando quiero evocarlo, se me escapan los detalles. Sé por ejemplo que falté varios días al comedor. Prefería el ayuno a la humillación que implicaba encontrarme con su amigo. Pedí incluso al prefecto de la escuela que me asignara un lugar en otra mesa pero no me atreví a explicar las verdaderas razones por las que solicitaba el cambio, de modo que mi petición fue rechazada por inconsistente. Tarde o temprano tuve que volver a ese lugar y mantener, con todo el esfuerzo del mundo, la frente en alto. Para mi fortuna, Cello no volvió a tomarla en mi contra y la única vez que hizo alusión al tema fingí que para mí no tenía la menor importancia. El arte del disimulo ha sido desde siempre una de las grandes armas que poseen los trilobites. Que yo sepa, Blaise nunca se enteró de esa carta ni aquel episodio y, si lo hizo, mantuvo al respecto un amigable silencio.

Blaise era hijo de un dibujante de cómic muy conocido en Francia afincado en París desde hacía muchos años. Él y su madre vivían también en el Jas de Bouffan, pero en un barrio mucho más limpio y más bonito que el nuestro. Le gustaba leer novelas gráficas y estaba muy al tanto de las novedades y los clásicos de ese género. La literatura también le interesaba, aunque no al mismo nivel. De cuando en cuando nos aconsejábamos alguna lectura mutuamente, pero siempre pensando en los gustos del otro. Yo le recomendé por ejemplo *La vida ante sí* de Émile Ajar y *El retrato de Dorian Gray*, pero nunca le habría prestado *Las cuatro hijas del doctor March* pues sabía perfectamente que ese libro lo habría empalagado hasta la náusea. Él me recomendó *Un mundo feliz* de Aldous Huxley y aquella de Barjavel, pero nunca me sugirió que leyera *El hobbit*, su libro de cabecera. Mi confianza hacia Blaise también era selectiva: aunque me abstuve de confesar el asunto de la carta, le revelé aspectos de mi vida que no comentaba con casi nadie, como mi afición por la escritura. Le conté la manera en que había conseguido hacerme respetar por mis compañeros de primaria en México, escribiendo horrores sobre ellos. Llegué incluso a leerle fragmentos de mi diario.

–Tendrías que escribir más en serio –me sugería, haciéndose el entendido–. ¿Por qué no escribes una novela acerca tu vida?

–¡Pero si tengo trece años! Todavía no me ha pasado nada.

–Escribe sobre lo que te está pasando ahora.

Lo que no le dije ni a él ni a nadie era lo que ocurría con mi padre. Se trataba de una manera de protegerlo y de protegerme del juicio de los demás. Para mis compañeros de clase, mi padre se convirtió en un psicoanalista lacaniano que vivía en San Diego, en el barrio de Chula Vista. Pasábamos parte de los veranos en México y parte con él. Eso es lo que yo contestaba cada vez que alguien me hacía preguntas al respecto, nunca de forma espontánea o por el gusto de mentir. Sin embargo, así fue como dio inicio la vocación mitómana que, desde entonces, ha regido buena parte de mi vida. No era difícil hablar de San Diego. Había estado ahí en varias ocasiones para consultar al oftalmólogo y visitar a mi tía. Sin embargo, fuera de las descripciones geográficas, construirse una vida paralela no era una tarea sencilla. Para que se sustentase, era necesario recordar todos y cada uno de los datos o descripciones que uno iba profiriendo por ahí. Cualquier incongruencia podía despertar sospechas. No hay que olvidar que –aunque estaba en otra clase y en otro año– mi hermano podía contradecirme en su versión de los hechos. Más que emocionante, toda esa situación resultó a la larga bastante incómoda. A decir verdad, no había nada que yo deseara más en aquel momento que terminar con la pseudoclandestinidad en la que yo misma me había colocado. Esa especie de aislamiento aunado a la adolescencia, cuyas hormonas actuaban en mi cerebro con la fuerza de un cataclismo, me hizo pasar varias tardes postrada en mi colchón con la cara hundida en la almohada, llorando a todo pulmón y con ganas de sustraerme del mundo. Mi madre optó entonces por poner unas persianas verdes arriba de cada cama, que podíamos bajar para delimitar nuestro territorio y a las que denominamos el «simulacro de intimidad». Dejó de ser necesario meter la lámpara debajo del edredón para poder leer y regresé al onanismo con la vehemencia de quien abraza una fe salvadora.

Como yo, Blaise tampoco hablaba mucho de su padre, a quien idolatraba y que a la vez le producía un resentimiento incurable por su ausencia y su vida tan distante de la suya en la ciudad de París. Sospecho que

147

varias de sus vacaciones, supuestamente felices, eran tan falsas como las mías por el rictus de amargura que asomaba en su cara mientras las describía. Yo, que llegué a conocerlo bastante bien, evitaba hacerle preguntas al respecto, pero muchos de nuestros compañeros eran admiradores del trabajo de su padre y lo interrogaban con frecuencia. Entonces transmitía con orgullo las últimas noticias de sus libros, los premios y las traducciones que habían aparecido en los últimos meses. Blaise no tenía reparos en hablar con la gente, tampoco tenía prejuicios hacia los magrebíes como ocurría con muchos de los niños franco-franceses de nuestro colegio. Los chicos adinerados tampoco lo intimidaban. Era un ser espontáneo en ese sentido y supongo que por eso la gente se le acercaba fácilmente. Para mí, su amistad fue una puerta de acceso a personas que probablemente nunca habría conocido por mí misma. Éste fue el caso de una chica de aspecto misterioso. Se llamaba Sophie Roy, la conocimos en invierno, poco después de que anunciaran que The Cure iba a tocar en Marsella. A Blaise le interesaba mucho ese grupo y una tarde, mientras caminábamos juntos, se acercó a esta chica vestida de negro para preguntarle si estaba al tanto y si conocía las fechas exactas del concierto. Tanto por su físico como por la expresión de su cara, Sophie parecía mucho más grande que cualquier alumno de la escuela. Se rumoraba –y era verdad– que la habían echado antes de dos colegios privados y que su estancia en el Jas de Bouffan era la última oportunidad que le dieron sus padres antes de mandarla interna. Todos los días llegaba a la escuela vestida totalmente de negro, con una ropa anticuada y de muy buena calidad. En vez de abrigo o chamarra, usaba una capa a la Arthur Rimbaud, cuya obra estudiábamos ese año en la clase de lengua y literatura francesas. Por debajo, llevaba una falda muy ceñida que ajustaba su silueta, más bien rechoncha y llena de curvas, tan apretadas que parecían a punto de reventar la tela, al igual que el suéter de botones ajustado a sus abundantes pechos. Sus medias de lana eran opacas y muy gruesas y en los pies usaba unos botines, también decimonónicos, que hacían pensar en los zapatos de un duende. Su pelo rubio y rizado casi siempre formaba un *chignon* a la altura de la nuca. Sus ojos eran grandes y de un azul muy claro que ella subrayaba con delineador negro de aceite y una abundante capa de rímel en las pestañas. Tanto su cara como sus extremidades eran redondas y un poco toscas, como las que suelen tener las campesinas y las panaderas en los cuentos infantiles franceses. Su nariz extremadamente respingada tenía algo porcino y, según mi hermano, recordaba los enchufes eléctricos. El candor que ciertamente tenía el rostro de Sophie se veía puesto en duda por una cicatriz bastante visible que recorría hacia lo largo una de sus mejillas. Sin embargo, el resultado general era el de una chica sexy de rareza perturbadora. A pesar de los prejuicios que una *nerd* como yo podía tener sobre ella por su aspecto, Sophie no era una persona cruel o de malas intenciones. Desde el principio se portó muy amablemente con nosotros, al punto que nos propuso ir a ver el concierto de The Cure juntos, con un grupo de chicos que ella estaba convocando, amigos de otro colegio, porque en el Jas aún no tenía ninguno. Faltaban tres meses para la noche esperada, así que nada nos costó aceptar la invitación y seguir frecuentándola mientras tanto. A partir de ese momento, a la hora de la comida, Blaise y yo empezamos a formar un trío con la chica de negro. Nunca sentimos su presencia como una intromisión, al contrario, su forma de ser nos hacía sentir en confianza. Aunque vivía en Éguilles, muy pocas veces utilizaba los autobuses escolares que regresaban a los alumnos a sus pueblos. A la salida de clase, subía a un colectivo urbano para pasear unas horas por el centro de la ciudad, visitar a un amigo de algún colegio anterior y, cuando empezaba la noche, volvía a su pueblo en uno de los autobuses normales de la *gare routière*. A diferencia de mis demás compañeras, jamás emitió ningún juicio sobre mi modo de vestir, que los demás juzgaban anticuado o poco atractivo. Al contrario, Sophie aprobaba con entusiasmo mis diferencias. Una tarde, al salir de la escuela rumbo a casa, la encontré apostada en la reja trasera por la que yo siempre cruzaba para cortar camino.

–¿Qué haces aquí? –le pregunté, intrigada.

–Me estoy volando una clase. ¿Y tú?

–Regreso a casa.

Entonces hizo una pregunta que me dejó aterrada y sin saber cómo reaccionar.

–¿Me invitas?

Yo nunca llevaba gente a nuestro departamento y, en la medida de lo posible, evitaba mencionar el nombre del barrio donde vivíamos pues causaba un recelo inmediato en la mayoría de quienes lo escuchaban. Intenté zafarme pero ella no me lo permitió.

–¿Te da vergüenza tu casa o tu familia? –preguntó a bocajarro.

En vez de responder a esto último, elegí la tangente:

–El barrio es muy peligroso. ¿Has oído hablar de Les hippocampes? –dije yo, pronunciando lentamente el nombre de aquel lugar como si se tratara de una fórmula mágica, sabiendo que no había nadie que no hubiese leído sobre él en la prensa.

–¿Vives ahí? –exclamó ella–. ¡Por qué no lo habías dicho! Hace años que quiero conocer ese barrio pero no tenía ningún contacto.

No tuve más remedio que llevar a Sophie hasta mi casa. Sin embargo, el barrio no cumplió sus expectativas: imaginaba un lugar mucho más lúgubre y oscuro. Se quejó, como es natural, del olor a desinfectante y dijo que era una falta de respeto imponernos eso. Cuando entramos al departamento, Sunil acababa de preparar un té de vainilla recién traído de su isla y Sophie lo interrogó sobre todas las costumbres que hasta entonces mi hermano y yo habíamos observado con discreción, sin cuestionar nunca nada, incluida la sociedad de castas. Sunil respondió encantado desde su recién adquirida ideología comunista. La conversación se había vuelto apasionante pero se vio truncada súbitamente cuando llegó mi madre. Con cara de pocos amigos y de la manera más amable que le fue posible en ese momento, puso a la intrusa fuera y a mí me mandó a bañar.

–La pasé muy bien en tu casa –me dijo Sophie a la mañana siguiente, en el patio de recreo–, lástima que tu madre sea tan celosa.

Poco a poco me fui dando cuenta de que la amistad de Sophie incrementaba el respeto de los demás estudiantes hacia mi persona. Algo debía tener yo para que esa chica, más madura y más adinerada que el resto, me hubiera elegido entre todos, algo que nadie había descubierto hasta entonces y súbitamente les interesaba saber. Varias veces acompañé a Sophie al centro de la ciudad, pero nunca tuve la oportunidad de conocer a sus amigos. A donde sí llegué a ir —y lo considero una enorme muestra de confianza de su parte— fue a una de sus visitas al médico que dirigía —lo supe esa misma tarde, sin preámbulos ni introducciones de ningún tipo— su terapia de desintoxicación. Fue la primera vez que vi sus brazos descubiertos, llenos de cicatrices y rastros de piquetes. Escuché también su peso y su presión sanguínea y finalmente su edad: trece años. Los mismos que tenía yo en aquel momento. Llevaba seis meses de su vida acudiendo a aquel lugar cada semana y respondiendo a las mismas preguntas.

Aquella tarde, al salir del consultorio, nos sentamos a tomar café, como hacían los universitarios, en una placita silenciosa. Me contó brevemente que ella había vivido en Aix durante el verano con un chico de dieciocho llamado Adam, con quien tuvo que cortar cuando se decidió a dejar la *came* de una vez por todas. Nunca volvió a hablar sobre el asunto. Tampoco me explicó a qué se debía su cicatriz. Yo a mi vez le hablé de Sebastien, con quien seguía soñando secretamente, y del vergonzoso episodio de la carta. Junto a su historia, la mía era de una ñoñería bochornosa y, sin embargo, ella la escuchó con la misma seriedad y respeto que yo había tenido hacia ella. Esa visita selló nuestra amistad, una amistad marcada por una gran cantidad de diferencias y en la que nuestras pocas similitudes resultaron ser más fuertes. ¿Cuáles eran éstas? Antes que nada el hecho de ser *outsiders,* también el de tener un par de secretos incómodos que no permitían confidencias y el hecho de saber que la otra pasaba por un mal momento. Me equivoqué al pensar que esas similitudes, esa complicidad tácita que había entre nosotras, implicaban también lealtad y algún tipo de compromiso. Pero eso lo supe después, no esa misma tarde ni los días que siguieron y durante los cuales viví con la agradable ilusión de haber encontrado una verdadera amiga.

Una noche, mientras cenábamos con varias mujeres hippies y cuarentonas en casa de Lisa, a mi madre le dio por denunciar mi comportamiento: dijo que, desde que frecuentaba a ciertas amistades, yo estaba adquiriendo la actitud de una seductora, que todos los movimientos de mi cuerpo, la entonación de mi voz y mis expresiones lingüísticas respondían a un estereotipo, a un cliché de mujer-escaparate, de muñequita *pin-up.* Basta con analizar un poco la manera en la que me sentía para descubrir que no podía haber nada más alejado de la realidad en aquel momento. Pero, de haber sido cierto, doctora Sazlavski, ¿no era algo más bien digno de aplaudir y fomentar? La capacidad para seducir al prójimo es una de las herramientas más poderosas

153

que puede adquirir una mujer, mejor que el dominio de una lengua extranjera o la destreza culinaria. ¿Si realmente había comenzado a practicar esta sutil disciplina, no habría sido mejor dejar que la adquiriera del todo, en vez de inhibir mis intentos? Sus amigas, por supuesto, se pusieron de su lado –las más guapas hipócritamente–, diciendo que había que tomarse el trabajo de educar a las nuevas generaciones para que no cayeran en las cárceles mentales que impone la sociedad de consumo. Quizás, en el fondo, a mi madre le costaba asumir una posible competencia y prefería asegurarse de que siguiera levantando los hombros como un pequeño insecto a la defensiva.

Pocos meses después tuvo lugar una de las primeras fiestas a las que asistí en mi vida. Fue en una casa playera de la ciudad de Martigues, a veinte minutos de Aix, donde vivía una chica de la escuela. Mi madre tenía una pareja de amigos ahí y organizó una velada con ellos para poder recogerme. El camino de ida lo hice con Sophie, Blaise y su madre. La casa de la festejada tenía una especie de gruta en la parte trasera. Quizás había servido antes como cava o se tratara de un granero deshabitado. La habían decorado a la manera de un club nocturno de los años ochenta, con luces giratorias de colores y hielo seco. Había también una barra donde uno podía adquirir cerveza y *pastis,* en cantidad suficiente para agarrarse una curda. La música era la habitual en esos años: Depeche Mode, Europe, a-ha, George Michael, Prince y Madonna, entre otros.

Blaise, Sophie y yo nos adueñamos de un rincón cercano a la barra. Me sentía feliz de estar con ellos. Si por separado cada uno parecía un bicho en peligro de extinción, juntos formábamos un conjunto bastante poderoso. Como si nuestras características más extrañas: mi estrabismo, la estatura de Blaise y la cicatriz de Sophie, por mencionar algunas, fueran en realidad distintivos voluntarios como puede ser un piercing o un tatuaje. En algún momento de la noche pusieron a The Cure –que para entonces ya se había convertido en nuestro grupo preferido– con «Just Like Heaven» y los tres nos levantamos a bailar. Nuestro entusiasmo resultó contagioso y de repente la pista se llenó de chicos con aspiraciones *dark*. Entre ellos estaba Sebastien. Había llegado a la fiesta sin su gran amigo Cello y su actitud era mucho menos arrogante. Cuando terminó la canción se acercó a nosotros y nos ofreció cerveza a los tres. Después cambió de grupo un par de veces pero volvía constantemente a visitarnos. Tanta amabilidad de su parte empezó a ponerme tensa. No había olvidado el momento que él y su amigo me habían hecho pasar unos seis meses atrás, y desconfiaba de él. Al mismo tiempo, era tan atractivo. Su actitud esa noche parecía muy distinta a la que ostentaba junto a su amigo italiano. ¿Cómo no querer creerle? Pensaba en todo esto mientras hacía la cola del baño, tratando de ubicarlo a lo lejos, con la mirada. Entonces los vi bailando juntos a Sophie y a él, una de esas canciones románticas que ponían los adolescentes en las fiestas para abrazarse. No recuerdo cuál fue el tema exactamente. Sólo sé que ya no pude entrar al baño, ni moverme hacia ningún otro lugar. Me quedé ahí, pegada a la pared como quien anticipa sobre su cuerpo la caída de una inmensa bota. Después ambos desaparecieron. Blaise, que seguía sin saber nada de mi historia con ese chico, se me acercó con un vaso en la mano y colocó la última estocada:

–Sophie se fue de la casa con alguien. Yo creo que ya la perdimos.

Y en efecto la perdí esa noche, pues aunque seguí hablando con ella y soporté estoicamente su silencio acerca de la aventura que había tenido con Sebastien, nuestra relación no volvió a ser la misma. Nunca me ofreció explicaciones y mucho menos disculpas sobre lo que había pasado entre ellos. Tampoco volvió a salir con él, al menos de manera pública, ni siquiera lo mencionaba. Su actitud seguía siendo la misma que antes de la fiesta, como si ella misma ignorara lo que había hecho. Me fui distanciando poco a poco de Sophie. Las vacaciones estaban por llegar y fingía prepararme para los últimos exámenes hasta que un día simplemente dejé de saludarla.

V

Colonie de Vacances. Esas tres palabras juntas evocan, para muchos niños de Francia, los mejores momentos de su vida. Se trata por lo general de campamentos de verano organizados para chicos de cierta edad en donde viven de forma comunitaria y con un poco más de independencia que dentro de sus familias. Muchos están centrados en un interés particular como la música, la pintura, el kayak, el esquí o cualquier otro deporte al aire libre. Mi hermano y yo habíamos escuchado hablar de esos lugares maravillosos a varios de nuestros compañeros, de modo que cuando mi madre nos vino con la propuesta, a ninguno de los dos se nos ocurrió negarnos. Hay que decir también que la mayoría de las chicas de mi colegio habían sido besadas por primera vez en esas circunstancias, lo cual añadía un punto a favor del proyecto. Aunque estos campamentos eran organizados por la *mairie,* su precio no era tan reducido como podría pensarse. Inscribirnos en uno de ellos significó para mi madre una considerable

157

inversión. Tuvo además que costear todos los aditamentos que nos solicitaban: colchón aislante, bolso de dormir, mochila de camping, para las tres noches que pasaríamos al aire libre, botas de excursionista, linterna y no recuerdo cuántas cosas más. A cambio, nos prometían, a nosotros, dos semanas de aventura y diversión sin límites y, a ella, la posibilidad de avanzar en su tesis. Sin embargo, los grupos que constituía la *mairie* se formaban, sin que yo lo supiera, con base en el barrio o en la zona donde viviera cada familia. En vez de propiciar el intercambio entre las clases sociales, preferían mantener a los vecinos juntos –como si la discordia entre vecinos no fuera algo universal, casi inherente a cualquier cultura–. Así fue como una mañana mi hermano y yo nos encontramos arriba de un autobús en el que también viajaban todos los chicos de nuestro barrio, los mismos que durante más de tres años habíamos procurado esquivar en la calle y en la escalera de nuestro edificio. Ni en mis peores pesadillas había imaginado antes una situación así. Reconocí a algunos compañeros del colegio, incluso Rachida y su hermana –las niñas contra las cuales habíamos peleado Nathalie y yo años atrás– estaban presentes, con sus sonrisas entusiastas y sus mochilas enormes. Aquel autobús nos llevaba a un paraje desconocido para mí, cuya belleza había oído mencionar en varias ocasiones, pero cuyo nombre no hacía sino aumentar mi inquietud esa mañana: las Gargantas del Luberon. Mientras el autobús se esforzaba por avanzar en el carril derecho de la autopista, me imaginé emboscada por varios de esos niños en unas grutas sombrías como fauces de lobo. Por suerte no viajaba sola: pasara lo que pasara, mi hermano estaría a mi lado. Mientras pensaba todo esto, lo miré desde el asiento de junto con su expresión serena e ilusionada. El pobre aún contemplaba la posibilidad de pasar unas vacaciones de ensueño.

No puedo decir que el trayecto haya sido apacible. Los vecinos gritaban y se reían a muy altos decibeles, incluido el monitor de dieciocho años que pretendía controlarlos. Sólo unos cuantos miraban absortos por la ventana. Me dije que seguramente trataban de memorizar el camino, por si de pronto se hacía imprescindible salir huyendo. Sin embargo, al menos durante el viaje, los chicos no la agarraron contra ninguno de los tripulantes. Parecían concentrados en su actividad ruidosa y en relacionarse con sus amigos. Para conocer —y molestar— a los nuevos, tenían tres largas semanas por delante. Todo el camino fui rezando para que mi compañera de cuarto fuera una de esas chicas prudentes y silenciosas. Sin embargo, cuando por fin llegamos al campamento, nos anunciaron que dormiríamos en grupos de veinte, dentro de tipis: unas tiendas de tamaño impresionante, como las que pueden verse en las películas de apaches estadounidenses, que ya estaban ahí montadas, esperándonos en medio de la nada.

—Cuando sepa qué tienda le toca, cada quien puede colocar su colchón y sus cosas en el rincón que más le guste —anunció el monitor.

Acto seguido leyeron una lista con el nombre de todos y el número de la tienda correspondiente. Mi hermano y yo no estábamos en la misma. Las cosas empeoraban a cada minuto. Sin embargo, a él nuestra separación inminente no parecía afectarle en lo más mínimo. Quienes sí estaban conmigo eran Rachida y Besma. Las encontré afanadas en delimitar su territorio a unos metros de donde yo había colocado mis cosas. Su actitud hacia mi persona no fue particularmente hostil. Tampoco parecían resentidas por el incidente. Acostumbradas como estaban a pelear en la calle, era probable que el episodio hubiera tenido en su memoria un lugar muy distinto al que ocupaba en la mía. Les sonreí por prudencia, también para tantear el terreno, y, para mi tranquilidad, ambas me devolvieron el gesto con alegría.

–También aquí vamos a ser vecinas –dijo la más grande.

La tarde pasó tranquila. Cuando oscureció, como a las diez de la noche, los monitores encendieron una fogata junto a la cual permanecimos un par de horas. Yo miraba interactuar a todos esos chicos, tratando de combatir mi aprensión y mi recelo. Me pregunté si uno de ellos podía ser el indicado para un primer beso. ¿Era posible que alguno llegara a gustarme con el tiempo? Ya veríamos cuando terminaran las vacaciones.

Poco a poco, los chicos entraron a sus tiendas para acurrucarse en sus colchones inflables. Sólo unos cuantos permanecimos hasta el final en silencio. Recuerdo que, cuando por fin regresé a mi lugar, caí en un sueño profundo y apacible. Sin embargo no desperté de la misma manera. Antes de abrir los ojos, escuché los gritos de un individuo bajito que gritaba en calzoncillos cerca de donde me encontraba.

–Estoy muy caliente, ¿oyen?, y pienso tirarme a una *meuf* aunque tenga que violarla.

Se escucharon risas alrededor. Quizás porque yo era una de las pocas que seguían acostadas en aquel momento, el muchacho se acercó a mi lugar haciendo movimientos insinuantes con la pelvis. Otros empezaron a gritar:

—*Z'y vas, Pierre!* ¡Acaba con ella!

No fue una decisión. Fue más bien como si mi cuerpo hubiera empezado a actuar por cuenta propia sin consultar a la mente: de un salto, me levanté de la cama y comencé a patear a mi atacante hasta derribarlo en el suelo. Sólo me detuve cuando vi que su nariz estaba sangrando. Yo no tenía idea de quién era ese chico y tampoco de cuál era su reputación entre los otros. Sólo más tarde supe que se trataba de alguien temido por su fiereza en aquel entorno. Haberlo derribado hacía de mí un personaje admirable y a la vez, puesto que nadie me conocía, digno de desconfianza. Durante el desayuno, algunos niños, tanto de mi tienda como de la tienda vecina, vinieron a expresarme su simpatía y su respeto.

—La verdad, nunca lo imaginamos. En general las mujeres con lentes son muy miedosas.

—Hiciste bien en defenderte. La próxima vez le rompes la nariz de mi parte.

Cuando pensé que ya nadie más vendría, se me acercó mi hermano a preguntarme si lo que había escuchado decir era cierto. A diferencia de él, ninguno de los monitores vino a corroborar las cosas. Prefirieron fingir que nada había sucedido y seguir adelante con los planes.

Pasaron varios días de tranquilidad después de eso,

por lo menos en lo que a mí se refiere. De pronto, en medio de la alharaca constante de nuestras voces, se escuchaba un altercado. Siempre que había algún golpe o amenaza de tal, se formaban circulitos de espectadores, sin embargo casi de inmediato las cosas volvían a la normalidad, tensa pero jovial, de aquel grupo. Pasó el tiempo y mi hermano se fue aprendiendo los nombres de los cuarenta chicos que compartían el campamento. Participaba en casi todas las actividades atléticas como escalar montañas o las competiciones ocasionales de kayak. Yo, en cambio, seguía sin adaptarme. A cualquier invitación que implicara algo físico, pretextaba dolores de cabeza. Le mentí al monitor que me encontraba menstruando y que prefería quedarme acostada el mayor tiempo posible. Había llevado tres novelas bastante largas y pretendía terminarlas antes de regresar a Aix. La verdad es que me aburría. A unos cuantos kilómetros del campamento, había una cabina telefónica de monedas. Mis únicos paseos espontáneos, realizados varias veces al día, los di con el objetivo de llegar hasta ahí. Llamaba a mi madre, casi siempre sin éxito, y cuando por fin conseguía localizarla, le repetía en un tono muy dramático todo lo repelente de aquel sitio, incluida mi pelea con el maniático de la tienda. Al final ella siempre preguntaba:

—Pero estás bien, ¿verdad?

Nunca ocurrió lo que yo quería: escucharla decir que iba a venir por mí en cuanto pudiera hacerlo.

Llegó la fiesta del 14 de Julio. Antes, los chicos del campamento habían organizado un par de noches de baile y cigarrillos (a diferencia del alcohol, los puchos sí estaban permitidos), en las que yo preferí abstenerme de cualquier convivencia, aun sabiendo que el objetivo principal de esas tertulias era acabar saliendo con alguien. Sin embargo, esta vez era distinto: la fiesta del campamento se juntaba con la del pueblo y eso prometía muchas más actividades, más libertad de acción y también gente nueva. El baile empezó a las siete de la noche, cuando aún hacía un calor intenso y sofocante, y continuó hasta después de las doce. Yo me la pasé en la pista, más que ningún otro día de fiesta, y con todos los que me lo propusieron. Dos de mis parejas de baile me sugirieron alejarnos del barullo para ir a tomar algo. Uno era francés, estudiante de liceo, y el otro, algo mayor y también más apuesto, era un tunecino, nacido en Ceuta, que había llegado a ese pueblo para trabajar como albañil. Me sorprendió agradablemente verlos competir por mi persona. Me fui con el africano. Nos instalamos en el bar más alejado del centro que tenía una terraza oscura con mesas desocupadas. Ahí me dejé besar hasta que, sobre mi boca, no quedó el menor rastro de inexperiencia. Cuando cerraron, seguimos caminando por callejuelas vacías de piedra blanca. Él, cuyo nombre no tuve la cortesía de recordar, fue de una decencia admirable. Nunca intentó forzarme a nada que yo no deseara hacer. Me invitó varias veces a la habitación que alquilaba, pero yo preferí la calle y sus rincones semiiluminados. Le permití que tocara mis pechos pero sin desvestirme. Permanecimos en la calle juntos hasta muy tarde. En todas esas horas tuvo tiempo de hablarme de su vida, de sus padres, de su infancia en España. A pesar de que conocía el castellano perfectamente, fue el francés la lengua que elegimos para comunicarnos. Al amanecer me acompañó al campamento.

Los monitores estaban indignados. Me llamaron la atención y advirtieron que informarían a mi madre de mi fuga. Mi única respuesta consistió en levantar los hombros un par de veces. Me sentía cansada esa mañana pero de muy buen ánimo y, contra mi costumbre, me quedé conversando en la mesa del desayuno. Miraba a mis compañeros, especialmente a los de origen tunecino, con otros ojos, como si se tratara de los hermanos o los primos de mi novio ocasional. Ya no sentía la misma aprensión ni la misma desconfianza. Rachida con su sobrepeso, Malika y su desbordante acné me parecían más dignas de ternura que de otra cosa. Nunca había imaginado que salir con un chico pudiera tener ese efecto y sospecho que me habría vuelto amiga de todo el campamento si mi madre, alarmada por el reporte de los monitores, no hubiera llegado a recogerme en el coche de un colega suyo. Mi hermano en cambio decidió quedarse otros diez días, hasta el final de las vacaciones, y volvió fascinado con tres amigos nuevos en el edificio. También a mí, aunque de otra manera, la *colonie de vacances* me había ayudado a reconciliarme con el Magreb. A veces, cuando salía a la calle, me encontraba a mis compañeros de tipi. Nos saludábamos con una insólita camaradería. Algunos llegaron a decirme que habían lamentado mi regreso a casa. Ahora, en vez de causarme recelo, esos chicos me simpatizaban. Sus malos modos y su facilidad para iniciar los pleitos ya no eran para mí sino la expresión de su enorme vulnerabilidad. Yo sabía mejor que nadie que, para sobrevivir en ambientes como el de mi colegio, era necesaria una buena dosis de coraje y de dignidad y esa dignidad había que defenderla con la vida a la menor afrenta. Al fin y al cabo, aunque a su propia manera, ellos también eran trilobites.

Después de varios años de vivir en Les hippocampes, de asistir cada mañana al Jas de Bouffan, de comer durante el periodo de clase con Djamila y con Cello y pasar las vacaciones entre mis vecinos del barrio, terminé por olvidar, al menos parcialmente, el mundo del que venía y, de tan mimetizada que alcancé a estar, nadie que me haya conocido en ese momento sospechó por un instante que ni había nacido en aquel sitio ni me había criado ahí. Sin embargo, ese verano tuve también un vislumbre significativo de cuál era mi país y cuáles los orígenes a los que tarde o temprano –aunque entonces lo ignorara– habría de regresar. Ese año, México fue el país invitado al Festival d'Aix. Durante casi tres semanas, se podía ver caminando por las calles del centro a escritores y artistas nacionales. Entre los invitados estaba Daniel Catán, el músico que conocimos antes de mudarnos a Francia. Nos consiguió muy amablemente entradas a muchos de los eventos, en especial a los conciertos y a las lecturas literarias. Tengo muy presente en la memoria la tarde que, en las escaleras de piedra del Palais de Justice, nos presentó a Octavio Paz, quien estaba por leer en el auditorio. No hubo tiempo entonces, ni después, de conversar con él. Apenas lo saludamos que se marchó deprisa para subir al escenario. En cambio sí tuvimos oportunidad de escuchar su obra poética. En sus labios, el español de México dejó de ser, durante más de una hora, aquel dialecto íntimo en que nos comunicábamos mi madre, mi hermano y yo, para transformarse en un material maleable y precioso. Aquellos poemas hablaban de chopos de agua, de pirules y obsidianas, de calaveras de azúcar, del barrio de Mixcoac, cosas y lugares que yo misma había amado en un tiempo remoto pero –entonces lo comprendí– no del todo olvidado. En pocas palabras, recordé quiénes éramos y, al hacerlo, sentí una mezcla de felicidad y orgullo. Al anochecer, mientras volvíamos a casa por las calles silenciosas de Aix en Provence, me dije que si algún día iba a escribir, habría de hacerlo en esa lengua.

Pasar el resto del verano conmigo debió ser un tormento para mi madre. Se quejaba de que en el campamento hubiera adquirido el habla y la insolencia de mis compañeros.

–¡Aguántate ahora! Tú fuiste la que nos mandó a ese lugar para deshacerte de nosotros –le respondía yo con vehemencia.

A veces me daba cuenta de que sus quejas eran razonables, pero no podía hacer nada al respecto. Se trataba de una guerra contra el mundo, la guerra de los trilobites. Yo me había enrolado en ella y no era posible transigir. Mi madre –sólo por el hecho de serlo, pero también por su forma de ser, autoritaria y pagada de sí misma– no era una de las nuestras. Ella no se daba cuenta y hacía todo lo posible por acercarse a mí, por tender ese puente de complicidad que, según ella, nos estaba haciendo falta. Muchas veces sus esfuerzos resultaban contraproducentes. Recuerdo, por ejemplo, que un domingo por la mañana, mientras desayunábamos solas en la mesa de la cocina, me preguntó con naturalidad fingida si había tenido ya relaciones sexuales con un hombre.

–Es normal que eso suceda, ¿sabes?, pero ese día quiero que me lo cuentes.

Creo que tenía algunas razones para pensarlo –sobre todo después de lo sucedido en el campamento–, pero no para preguntarlo y menos a bocajarro, de la manera en que lo hizo. Además su tono supuestamente despreocupado sonaba disonante y de una falsedad notoria.

Empujé la mesa y me levanté de mi silla con un salto. Antes de salir en estampida hacia mi cama, tuve tiempo de decirle que se metiera en lo que sí le importaba. No fue la única vez que quiso ser mi amiga, pero, igual que ese domingo, todos sus intentos fueron rechazados. A principios de septiembre, una semana antes de que empezaran las clases, mi madre me anunció que iba a mandarme a México. Según ella, otra temporada con mi abuela a esa edad tan rebelde iba a ser de gran utilidad para meterme en cintura. Mi hermano, en cambio, se quedaría con ella. Volví pues al DF, terminando la 3ème, para cursar el primer año del segundo ciclo en el Liceo Franco-Mexicano de la ciudad de México. Mis compañeritos no serían nunca más los chicos de la *banlieue* sino los hijos de los empresarios, los diplomáticos y los franceses radicados en nuestro país que, como yo, estaban inscritos en el Liceo Franco-Mexicano.

No, doctora Sazlavski. Pienso que a mi madre no le guardo rencor, pero sí reconozco un sentimiento de amargura por todo lo que pudo haber sido nuestra relación y no es ni será nunca, a pesar de los buenos momentos que pasamos cada tanto, a pesar de la complicidad que nos une en muchas ocasiones. A veces, sobre todo cuando le ataca alguna de sus crisis de hipocondría que siempre me hacen titubear, imagino el día de su muerte y entonces vislumbro el insondable vacío que dejará en mi vida cuando eso suceda. Como si al obsesivo capitán Ahab le anunciaran de pronto que la ballena ha encallado definitivamente y que no podrá perseguirla nunca más. Como la de Moby Dick, la nuestra también es una historia de amor, de amor y desencuentro.

VI

Cualquiera que haya leído con atención la primera parte de este libro, se imaginará que la idea de vivir de nuevo con mi abuela me resultaba por completo aterradora. Es verdad que al principio lo tomé como una sentencia exagerada, impartida por mi madre, y la prueba de que su cariño por mí era igual a una bicoca. Me sorprendía también que la anciana hubiera accedido a recibirme un año en su casa, después de nuestra primera convivencia, y sabiendo que me encontraba en la peor de las edades que, según reza la tradición, pueden tener los hijos. Sin embargo, contra todas mis expectativas, la segunda vuelta no fue tan insoportable como el partido inicial. Fuera del asunto de los modales en la mesa, mi abuela mostraba por mí una indiferencia cortés que hacía la vida cotidiana tediosa pero apacible. Sólo la sirvienta, encargada de la cocina y de la limpieza del hogar, compartía ese enorme caserón con nosotras. Casi nunca nos cruzábamos. A veces, ni siquiera a la hora de comer. Nadie vigilaba que me levantara a tiempo para llegar a la escuela o que me alimentara correctamente, nadie lavaba mi ropa o planchaba mi uniforme, nadie me hacía preguntas indiscretas. Vivir ahí era como vivir sola, excepto por un detalle importante: bajo ninguna circunstancia podía salir de la casa sin que alguien me acompañara. A diferencia del Jas de Bouffan, con sus jardines y sus terrenos de atletismo, mi nuevo colegio parecía una cárcel. Lo decía en conocimiento de causa. Otra diferencia notable consistía en el color de los alumnos: en el liceo tanto los estudiantes como los profesores eran blancos, al menos en un ochenta por ciento, algo curioso en un país esencialmente indígena. En cambio, ni el portero ni los empleados de limpieza o de la cafetería lo eran, y esa característica acentuaba aún más aquel contraste. Es verdad que también había algunos musulmanes, pero eran hijos de diplomáticos y no se parecían en nada a aquellos que yo había tratado en los últimos años. Todas estas cosas tan notorias para mí, que venía de fuera, resultaban anodinas para quienes vivían desde hacía años en el ambiente burgués mexicano. Las clases empezaban a las ocho y terminaban a las seis. Un horario muy extenso, sobre todo si se lo comparaba con el de las escuelas nacionales. En medio había varias horas muertas. Todas las materias, excepto deportes, se impartían en lengua extranjera. El francés que yo hablaba —el único que sabía hablar— era el de las *banlieues* del sur. Los mexicanos no se daban cuenta (se dejaban impresionar por mi pronunciación y por las rarezas de mi vocabulario), los franceses y los magrebíes sí, y aunque a ambos les horrorizaba escucharme, me dejaban en paz. En cambio, mis coterráneos me hacían preguntas constantes acerca de mi familia, de mis actividades de fin de semana, del lugar donde compraba mi ropa. Querían a toda costa insertarme en alguna de sus estrechas categorías sociales. Entre los códigos implícitos de la escuela, la vestimenta y los útiles escolares tenían una particular importancia. Cuanto más tuviera uno ropa de marcas francesas y plumas de lujo en su mochila, mejor visto era en esa pequeña sociedad. Recuerdo que varios de aquellos chicos tenían por lo menos una Montblanc con punta de oro que deslizaban con orgullo por sus cuadernos Claire Fontaine. En lo que a ropa se refiere, los calcetines de rombos Burlington eran, no sé por qué razón, especialmente apreciados. En general la moda del liceo se insertaba en lo que en Francia suele llamarse BCBG, un mote que implica lo conservador y aceptable dentro de una burguesía conformista y aburrida. Finalmente, cuando reunieron suficiente información sobre mi persona, el barrio donde vivía, la ocupación de mi madre, decidieron que la etiqueta que me correspondía era la de «muerta de hambre» (*sic*) y no tuvieron reparo en llamarme de ese modo que, dentro de su manera de ver el mundo, representaba un insulto. El desprecio era mutuo. Para mí todos esos mocosos de miras tan cortas eran insípidos y blandengues como una salchicha alemana. Después, con el paso del tiempo, descubrí que entre ellos también había gente entrañable, pero yo estaba en guerra en aquel momento y, cegada por mis propios prejuicios; no quería averiguarlo.

Cada mañana el autobús de la escuela pasaba a

buscarme a las seis. Yo salía a esperarlo en la puerta de casa, muerta de frío y con un cielo aún oscuro sobre mi cabeza. El recorrido duraba dos horas, mismas que debía pasar encerrada con unos treinta niños semidormidos de distintas edades, alumnos de primaria, secundaria o preparatoria. El ambiente ahí dentro era una reproducción en miniatura de lo que ocurría en el liceo y en el mundo en general: unos hacían *bulling* y otros se dejaban molestar. Estaban los engreídos y los acomplejados. Los blancos la emprendían casi siempre contra los morenos, mientras los rubios miraban desde arriba con displicencia. Yo era demasiado grande ya para ser objeto de burla, pero tampoco les resultaba simpática. No hablaba con nadie y nadie se me acercaba para hablar.

En México las clases sociales no le piden nada a las castas de la India. Si la casualidad quiere que uno nazca en una familia de clase alta, es probable que conviva pocas veces con las masas populares, excepto en lugares y ocasiones excepcionales como un estadio de futbol o en el Zócalo el día de la independencia, la cárcel es uno de esos sitios de encuentro. Después de un año en el reclusorio, a mi padre lo trasladaron a otra prisión conocida como Santa Martha Acatitla, en el oriente de la ciudad, en la que permaneció cuatro años y a la que él se refería siempre como «El Palacio de Hierro» en referencia a una tienda departamental de lujo que lleva el mismo nombre. Es poco lo que sé al respecto de su vida durante esa época. Sé por ejemplo que hacía ejercicio de manera cotidiana y disciplinada, y que empezó con esto gracias a un amigo que lo arrastró hacia las barras en el peor momento de su trombosis. Sé también que enseñó matemáticas, lógica y gramática en los programas de educación para adultos que ahí se llevan a cabo y que lo disfrutaba realmente. Gracias a esa actividad su condena se redujo varios meses. Me sorprende, por ejemplo, que no haya tomado clases de piano o guitarra como ha hecho en otras épocas de su vida; quizás los maestros no abundaban o su nivel era realmente bajo. En cambio se adentró profundamente en la lectura de Husserl y su fenomenología que en vano ha intentado explicarme de manera resumida en diversos momentos de nuestra relación. También descubrió ahí los libros de Gurdjieff y Ouspensky. En ellos encontró un gran apoyo para los periodos más difíciles de su estancia en aquel lugar. Me ha contado, eso sí, de algunas personas que conoció durante el encierro: un italiano llamado Paolo y un compositor, acusado del homicidio involuntario de una viejita. También sé que aprendió a trabajar con resinas naturales y, en un par de ocasiones, nos hizo llegar, a mi hermano y a mí, algunas de sus piezas a nuestra casa de Aix. Las recibimos como meteoritos extraños venidos de otra dimensión. Por insólito que parezca, mi padre se echó una novia mientras vivía ahí dentro. Se trataba de una mujer bastante guapa que había conocido en su época de psicoanalista. Ella misma era psicóloga y enseñaba en los ciclos de posgrado en la Universidad Nacional. Se llamaba Rosaura. Como él, era alta y delgada y, sobre todo, muy buena persona. No quiero imaginar la visita conyugal ahí dentro.

Durante el año en que volví a casa de mi abuela,

vi a mi padre con cierta frecuencia. Rosaura pasaba por mí en su coche una o dos veces al mes, siempre en fin de semana. En el camino conversábamos sobre cine o literatura y nos alentábamos mutuamente diciéndonos que papá podía salir ya en cualquier momento. Aunque la sentencia estaba por cumplirse, la verdad es que resultaba imposible saber cuál era la fecha prevista por las autoridades. Su presencia me hacía sentir en confianza. Una de esas mañanas, me regaló una novela de Milan Kundera, *La insoportable levedad del ser,* que devoré en pocos días. El tedio de mi vida cotidiana era tal que aquellas salidas representaban la mayor aventura a la que podía acceder en esa época.

Durante las visitas mi padre me hacía preguntas sobre la escuela. Quería saber si entendía bien las clases, si me gustaban las materias, si estaba obteniendo buenas notas, si me llevaba bien con los demás estudiantes. Yo me extendía describiendo con detalle lo insoportables y frívolos que eran mis compañeros, pero a él no le gustaba que hablara así de la gente. Me decía que en cualquier lugar es posible encontrar un aliado y, entre más hostil el entorno, más importantes se vuelven las amistades verdaderas.

—Prométeme que la próxima vez que vengas habrás encontrado una amiga.

No tuve más remedio que asentir pero tardé más de tres meses en regresar.

No fue por aquella obligación contraída con mi padre que me acerqué a Camila. Nuestra amistad se dio como se dan casi todas, con naturalidad, casi subrepticiamente. Vivía cerca de mi casa y también pasaba horas en el autobús de la escuela, tanto en la madrugada como bajo el calor sofocante de la tarde, horas en las que lo último que uno desea es ponerse a conversar. Se me acercó una mañana a preguntarme si le podía prestar el libro que estaba leyendo cuando lo terminara. Apenas me había fijado antes en su persona. Era bajita y malencarada. Su pelo castaño claro estaba cortado a la *garçon* y casi siempre usaba suéteres grandes o ropa deportiva. No llamaba la atención a primera vista. Sin embargo, cuando llegué a conocerla realmente, comprendí que tenía ante mí a una de las personalidades más fuertes que iba a conocer a lo largo de mi vida. Esa mañana asentí a su pregunta y de inmediato volví a clavar la vista en la página, pero ella, entusiasmada, se quedó conversando. El libro que sostenía entre las manos, y cuyo título era *El mercader de Venecia*, pertenecía al librero de mi difunto abuelo y estaba en español. Ella, según me dijo, había leído casi todo Shakespeare en francés y le faltaba sólo esta obra de teatro que no estaba en la biblioteca de la escuela. Me contó que su favorita hasta el momento era *Macbeth* y me aseguró que tenía que leerla para conocer realmente al dramaturgo.

Camila no se parecía a los demás alumnos del liceo. No hablaba con una papa en la boca ni terminaba las frases con entonación de pregunta. Como yo, estudiaba la *seconde* pero en otra clase y tenía, por lo menos, dos años más que el resto de sus compañeros. De familia también reconstituida, vivía con su madre, una mujer muy politizada, militante de izquierda, que había ayudado a secuestrar un avión en Chile. Su padre, según su propia descripción, era en cambio un pusilánime que no lograba encontrar un trabajo adecuado. Lautaro, su hermano mayor, prefería viajar en metro hasta el colegio en vez de soportar como nosotras el recorrido eterno y soporífero del autobús escolar. No le gustaban los mediadores, en las reuniones de padres con maestros iba ella misma para que le hablaran de su propio desarrollo académico y de sus problemas de conducta. Cuando nos volvimos amigas se encargó de hacer las gestiones necesarias para que la cambiaran a mi clase, cosa que yo agradecí infinitamente. A partir de entonces nos sentamos juntas en el fondo del salón. No era mala persona y tampoco una rebelde sin causa como algunos creían, era simplemente una adolescente de una lucidez extraordinaria, mezclada con una gran amargura y un humor bastante negro. Se burlaba de todo y era capaz de hacer que uno se riera de sí mismo. Recuerdo muy bien la vez que a la profesora de matemáticas, una mujer con lordosis muy pronunciada que nos enseñaba el eje de las abscisas y de las ordenadas, se le ocurrió afirmar que su postura era perpendicular respecto al suelo. Al escuchar esa frase, Camila estalló en una carcajada sonora y contagiosa. «Señora», le espetó, «¿cómo puede afirmar eso? ¿Se ha visto en el espejo?» También recuerdo que encontró un apodo para la maestra de francés, quien tenía la costumbre de rascarse con la mano derecha el vello púbico. La llamó «la guitarrista». Hacía la tarea diez segundos antes de entrar a clase. Muchas veces la copiaba íntegra de mi cuaderno. Sus malas calificaciones eran producto del tedio que le producía ponerse a estudiar. A diferencia de mí, sus padres la dejaban deambular a sus anchas por la ciudad. Nunca nos veíamos fuera de la escuela pero hablábamos varias horas por teléfono durante los fines de semana. Camila conocía muy bien a todos los alumnos del colegio y con todos se llevaba. No tenía los mismos prejuicios que su madre hacia las clases sociales. El único tema que la ponía solemne y sentimental era la dictadura de Pinochet en Chile.

Aunque me tomó enseguida mucho afecto, Camila tenía otras amigas con las que había que compartirla. Sus «amigas de siempre». Me costó trabajo aceptarlo pero al final no tuve más remedio. Las dos chicas se llamaban Yael y Xitlali, las dos franco-mexicanas que llevaban casi toda su vida viviendo en el país. Xitlali era la hija única de un talentoso arquitecto y de una publicista francesa. La parte principal de la casa en donde vivían estaba reservada exclusivamente para ella y sus amigos. Ahí dormiría con su novio el día que lo decidiera. Aquella casa contaba con un pequeño jardín destinado a la siembra de marihuana para consumo familiar. Yael, en cambio, era una princesa de Polanco que vivía sola con su padre. Entre sus hazañas, tenía la de haber huido varias veces de casa para pasar el fin de semana en Acapulco con sus diversos amantes. La habían localizado siempre gracias a la tarjeta de crédito con la que financiaba sus drogas y sus demás gastos. Su padre había sido acusado, en diferentes países, por tráfico ilegal de diamantes, pero siempre lograba salir milagrosamente de prisión. Aunque confiaban plenamente en Camila y en su criterio para elegir amigas, las chicas me consideraban un poco aniñada y junto a ellas no cabe duda de que lo era: no había pisado nunca una disco, no había probado ninguna sustancia alucinógena, tampoco me había acostado nunca con un chico y era poco factible que mi situación cambiara en el futuro inmediato.

Poco a poco, a fuerza de contestarle el teléfono, mi abuela se fue familiarizando con la presencia de Camila. Una tarde, le pedí permiso para comer en su casa y me lo dio. Le aseguré que sus padres me traerían de regreso. La verdad es que a ella nunca le habría pasado por la cabeza invitarme a su casa en ese momento: su madre estaba en un estado de nervios permanente y no dejaba de pelear a gritos con su marido. Yo tampoco tenía la intención de conocerlos; mi objetivo era ganar un nuevo espacio de libertad para salir a la calle. Con aquel permiso, Camila y yo fuimos a comer a casa de Xitlali. Yael se nos unió en la tarde. Tuve entonces la oportunidad no sólo de ver la famosa hortaliza, sino de probar su cosecha, limpia y seca, en una hermosa pipa huichol que, según nuestra anfitriona, era la más apropiada para iniciarme en la hierba santa. Al principio no sentí el efecto del cannabis, pero cuando pasó el tiempo, y sin que me diera bien cuenta, mi lengua se fue soltando de una manera inusual, al punto que terminé contando todo aquello que había callado durante años. Había fumado el suero de la verdad sin sospecharlo siquiera. Lo que detonó mi perorata fue un comentario de Yael, quien se atrevió a afirmar que yo había llegado a los quince sin aprender nada de la vida.

178

Entonces, para demostrarle que se equivocaba, le dije que conocía las prisiones tan bien como ella y que había visitado a mi padre ahí una gran cantidad de veces. Les conté de mi romance con el albañil tunecino la noche del 14 de Julio, les describí la pelea a golpes con el aprendiz de violador y, para regocijo de Camila, les hablé de Ximena. Antes de terminar, exalté la dignidad y la resistencia de los trilobites, a cuya estirpe pertenecíamos las tres, y de eso no debía quedarles la menor duda.

Cuando terminé de hablar, las chicas me miraban fijamente con una especie de estupor en el rostro: la marihuana me había transformado.

–Estuviste genial –me felicitó Camila mientras viajábamos en metro de regreso a casa–. Nunca te había visto así. –Yo en cambio sentía el bochorno indescriptible de quien acaba de traicionarse a sí mismo despepitando todos sus secretos y, sin embargo, doctora, a pesar de la resaca, también sentía una gran ligereza, como la que he llegado a experimentar mientras le cuento estas cosas. El silencio, como la sal, es de una levedad sólo aparente: si uno deja que el tiempo lo humedezca, empieza a pesar como un yunque.

El otro día, mientras cenábamos apaciblemente en el jardín de su casa de campo, se desencadenó una situación totalmente inesperada. En el momento del postre, mi madre me miró con curiosidad de periodista y me preguntó si estoy escribiendo algo en este momento. En general, viniendo de cualquiera, se trata de una pregunta que considero indiscreta, pero cuando es ella quien la hace –y esto ocurre con frecuencia– me parece una impertinencia inadmisible. Usted y yo sabemos perfectamente que hace más de un año y medio que no escribo nada, excepto algunos artículos y trabajos de crítica que me permitan ganar dinero, pero no tenías ganas de admitirlo esa noche. Así que guardé silencio durante varios segundos, esperando la respuesta de los grillos que susurraban maldiciones, escondidos en la hierba, y contesté sin pensarlo demasiado:

–Estoy escribiendo una novela sobre mi infancia, una autobiografía. –Esta vez fue ella quien tardó en dar la réplica.

–Seguro hablas mal de mí –me dijo–. Lo has hecho toda tu vida.

Salir de noche. Ése era mi principal objetivo en la lucha soterrada que mantenía con mi abuela durante aquellos años, pero nunca me dejó asistir a ninguna fiesta con Camila y sus amigas. No es que desconfiara especialmente de ellas, pero no las conocía lo suficiente. Antes de dar una respuesta, me preguntaba exhaustivamente a casa de quién iría, cuál era la dirección y el número de teléfono en el que podría localizarme, con quién iba y con quién pensaba volver. A qué hora estaría de regreso. Yo preparaba mis respuestas como si se tratara de un examen oral y sin embargo, después de pensarlo un par de días, mi abuela llegaba siempre a la misma conclusión: «Prefiero que no vayas.» Hasta que llegó el día en que opté por cambiar la estrategia. Una noche, mientras ella dormía en su habitación, seguí los pasos de mi querida Betty y desde el techo de la casa pasé a la azotea de los vecinos y luego bajé a la calle por una escalera de servicio. Camila me esperaba en un coche a pocos metros de ahí. No sufrí ningún daño, excepto un par de rasguños y algunas manchas de polvo en la ropa que llevaba puesta. Sólo de aquella manera pude visitar una discoteca en el DF, un lugar enorme y oscuro, con asientos de terciopelo rojo, donde la gente bailaba y las chicas, ataviadas con poquísima ropa, intentábamos comentar lo que ocurría alrededor a pesar del volumen de la música. Para entrar, había tenido que mentir acerca de mi edad pero una vez adentro me vendieron tanto alcohol como quise, sin exigirme ninguna identificación. En el más puro estilo mexicano, el amigo de Camila nos invitaba las copas y los cigarros. La noche habría sido perfecta si ese antro hubiera tenido también un límite de edad para las personas que lo visitaban. Cuando llevaba ya dos ginebras encima, en medio del hielo seco y como salida de una alucinación, reconocí la silueta de mi abuela con su habitual ropa oscura y su esponjoso pelo blanco. Había llegado hasta ahí en un taxi, dispuesta a rescatarme como fuera de las llamas del infierno. Antes de que se acercara a la mesa, recogí mis cosas y la alcancé en la pista. Salí sin despedirme con tal de evitar un escándalo y que alguien más la viera.

A pesar de mis prejuicios contra todos los alumnos del liceo, me fui enterando conforme pasó el tiempo de que, en otras generaciones distintas a la mía, había también ciertos especímenes cuya originalidad y fuerza resultaban entusiasmantes. Ése fue el caso de Antolina, una chica de rostro muy bonito, caracterizada por una estatura extremadamente baja, lo que en general suele llamarse enanismo, y que sin embargo poseía una seguridad y una confianza en sí misma que yo nunca habría soñado para mí y que la hacía lucir particularmente hermosa. Al punto que en uno de esos concursos estúpidos, organizados año con año por los alumnos, y en los que se otorgaban títulos como el de la más gorda, la más sexy, la más tonta del colegio, Antolina se posicionó, por una gran mayoría de votos, como la chica más atractiva del liceo. Aunque nunca intercambiamos más de dos palabras en el patio de recreo –a diferencia de ella, yo padecía una timidez paralizante–, observarla interactuar se convirtió para mí en una fuente de inspiración. Tardé años en averiguar cuál era el secreto de su belleza, que yo admiraba en silencio como quien contempla a un músico ejecutar en el piano una obra complicadísima con la soltura conmovedora que otorga el virtuosismo. Después, me enteré de que su madre, actriz y musa de Alejandro Jodorowski, compartía las mismas características que ella y me dije que quizás se trataba de un secreto heredado de generación en generación al que yo no había tenido derecho.

Éstos son, sin duda alguna, los recuerdos de mi infancia y adolescencia, mezclados en una intrincada madeja con una infinidad de interpretaciones de las que ni siquiera soy consciente. A veces pienso que abrir la pesada cubierta que me separa de la cloaca y resucitar los dolores del pasado no me sirve para nada, excepto para reforzar esa sensación de desasosiego que me trajo hasta su consultorio. También me pregunto si su silencio no ha fomentado la incertidumbre en la que ahora me encuentro. A veces me da por dudar de toda esta historia, como si en vez de una vivencia se tratara de un relato que me he repetido a mí misma una infinidad de veces. Al pensar esto, la sensación de desconcierto se vuelve abismal e hipnótica, una suerte de precipicio existencial que me invitara a dar un salto definitivo.

Ese año conocí en una reunión familiar a una de mis primas segundas que también habría de jugar un papel importante en mi vida. Se llamaba Alejandra y era hija de la tía Sara, quien a su vez era prima de mi madre. Padecía la misma insatisfacción que yo respecto a su escuela y al tedio de su vida familiar. Ambas teníamos el presentimiento de que el mundo era más amplio y más emocionante de lo que nos permitía observar a través de la pequeña rendija a la que teníamos acceso y, por esa razón, nos identificamos de inmediato. Decidimos inscribirnos juntas a un taller de teatro que impartían en la Casa de la Cultura de Coyoacán.

Aleja –así la llamaba yo– tenía un coche con el que se movía a sus anchas por la ciudad y, cuando no se lo

183

prestaban, sabía utilizar con la misma libertad el transporte público. Después de nuestro taller, paseábamos un par de horas por la plaza y las calles del barrio, que contaba en ese entonces con una fauna bastante peculiar: artesanos, mimos, músicos ambulantes, intelectuales y bohemios se encontraban ahí, en un remedo de lo que fue algún tiempo la plaza de Montmartre. Muy rápidamente nos hicimos de un grupo de amigos ocasionales con los que nos encontrábamos por las tardes y algunos fines de semana, personas que, por su solo aspecto, habrían horrorizado a nuestras familias, sin mencionar sus costumbres —bebían y fumaban abundantemente— y su vocabulario. Pero a nosotras esas características nos causaban una auténtica fascinación. Además del inmenso cariño que nos teníamos, una de las ventajas de nuestra amistad era que tanto mi abuela como su madre confiaban en el recato y buena conducta de la niña ajena. Así que, mientras estuviéramos juntas, no había de qué preocuparse. Por fortuna, mis tíos salían de la ciudad los fines de semana, seguros de que pasaríamos el viernes en su casa viendo películas de Walt Disney. Gracias a eso, Aleja y yo pudimos asistir a fiestas como las que nunca antes habíamos conocido, llenas de artistas de todas las edades, en casas inmensas y emblemáticas como la del Indio Fernández o la de la Malinche, junto a la Plaza de la Conchita. Fumar y beber se volvió para nosotras un hábito que tardamos años en erradicar.

Cuanto más tiempo pasaba con mi prima en nuestro nuevo entorno social, más difícil me parecía convivir dentro del liceo. En esa época de tomas de partido y de búsqueda de una identidad personal, adopté la vestimenta de los bohemios coyoacanenses para dejar bien claras mis diferencias ideológicas. Así, en vez de calcetines Burlington empecé a llevar faldas largas de gasa, traídas de la India, pantalones de manta y sandalias de cuero artesanal. También usaba sombreros de fieltro y chalecos de hombre que tomaba prestados del armario de mi abuelo o que Aleja sacaba a hurtadillas de los trajes de su padre. Las bufandas y las arracadas de plata eran parte esencial de mi guardarropa. Me había decidido a subrayar mi excentricidad que de otra manera podría pasar por una cuestión involuntaria y, por lo tanto, incontrolable. Asumirla era, en cambio, una demostración de fuerza. Mientras más radical me volvía en mi peculiar hippismo, más me aparté también de Camila, quien en ese momento conocía una metamorfosis inversa: muy cercana a Yael, mi amiga se fue mimetizando con las modas y los hábitos de Polanco, no sólo diferentes, sino antagonistas a los de Coyoacán.

Esta mañana, mientras me preparaba para llevar al niño a la guardería, recibí un telefonazo de mi madre. Siempre se las arregla para llamar a deshoras.

–Tuve insomnio toda la noche, pensando en tu famosa novela. ¿Sabes que puedo demandarte por perjudicar mi imagen?

Después, como a las once y media, mientras me entretenía en regar las plantas moribundas de mi estudio mi hermano Lucas, quien casi nunca se permite

185

atender a mis llamadas de tan ocupado que está, me contactó en el celular.

—Ya me contó mi mamá lo de tu autobiografía. —Y después de soltar una especie de carcajada añadió—: Aunque no la ha leído, dice que te llevará a juicio por difamación.

—¡Claro que no la ha leído! Ni siquiera he empezado a escribirla.

—No te preocupes. La calmé diciendo que tenga paciencia y espere a que la adapten al cine. Nunca se sabe, a lo mejor se forra.

Puse la regadera en el suelo y colgué el teléfono. Por primera vez en un año y medio me senté a escribir con gusto en la computadora decidida a convertir en realidad esa «famosa novela». Voy a terminarla aunque me lleven a juicio o lo que sea. Será un relato sencillo y corto. No contaré nada en lo que no crea.

Como en otras ocasiones, mientras vivía en casa de mi abuela encontré compañía y complicidad en el espacio de la lectura. Opté entonces por salirme del canon francés que nos enseñaban en el liceo y busqué entre los escritores más contemporáneos. Me dediqué a rastrear autores afines a mis amistades de ese momento, autores en guerra contra las convenciones sociales y amantes de la marginalidad. En esa época, leí con verdadera devoción los libros del movimiento Beatnik. Más que William Burroughs o Charles Bukowski, me identificaba con las novelas de Kerouac y la poesía de Allen Ginsberg, cuya biografía me impresionó muchísimo.

Me sentía particularmente inspirada por unas líneas que escribió justo antes de decidirse a dejar su trabajo de publicista y a enfrentar su enamoramiento hacia Peter Orlovsky. Son los versos que elegí como epígrafe de mi libro. Como él, yo también soñaba con aceptarme a mí misma, aunque en ese entonces aún no sabía con exactitud cuál era el clóset que me tocaba abandonar.

Mamá volvió de Francia poco antes de que terminara el año, justo cuando había encontrado un equilibrio en mi vida cotidiana. Supe desde el principio que su presencia no habría de traer nada bueno. Con todo y nuestras discusiones ocasionales, mi abuela y yo habíamos logrado una convivencia distante y armoniosa en esa casa inmensa en la que rara vez nos cruzábamos. Mamá en cambio llegó con la intención de supervisar todo aquello que no había estado controlando durante casi nueve meses. Con ese propósito, hurgó en mis boletas de calificaciones y en los comentarios que sobre mí hacían los profesores del liceo; analizó mi ropa y la comentó a sus anchas y, por supuesto, confiscó de mi armario todas sus pertenencias. También se metió con mi pelo y con mi aliento a cigarro. En su afán detectivesco, no tardó en darse cuenta de que el taller de teatro en Coyoacán era en realidad una tapadera para mantener relaciones cercanas con eso que en sus palabras constituía «el mundo del hampa». Al igual que con el sexo, mamá había sostenido en varias ocasiones discursos muy liberales acerca del consumo de la marihuana. «Si un día quieres probarla no me voy a oponer, pero preferiría que lo hicieras conmigo», me dijo en varias ocasiones, segura de que yo estaría encantada de compartir mi experiencia transgresora con ella. Ahora que por fin la había probado, la marihuana caía en la misma categoría que la coca, la morfina o las otras sustancias perniciosas contra las cuales había que sostener una guerra sin cuartel.

Un viernes en que Aleja y yo volvimos particularmente intoxicadas a casa de sus padres, descubrimos que éstos no habían salido al campo como de costumbre. Azuzados por mi madre, que también estaba presente, se habían quedado en la sala de su casa esperando nuestro regreso a las tres de la mañana. Fue imposible ocultar nuestro estado con alguna falacia. Apenas nos vieron se dieron cuenta. Aquella misma noche, nos amenazaron con meternos quince días a un reformatorio para que viéramos de cerca los riesgos a los que nos exponía nuestra conducta. La actitud de todos ellos era tan seria, y tan febril a la vez, que a ninguna de las dos se nos ocurrió poner en duda sus palabras. No nos quedó más remedio que mantenernos a raya durante un par de meses. Esa etapa me permitió aumentar mis notas en los últimos exámenes y superar así el riesgo inminente de repetir el año.

Por fin he vuelto a escribir con disciplina. Se trata de una sensación renovadora y tonificante, como tomar una sopa caliente en una tarde de gripe. Cada mañana, después de dejar al niño en la guardería, me voy al mismo café. Tengo mi mesa y mi bebida predilecta. Son mis dos cábalas. Si la mesa está ocupada, espero a que se libere antes de comenzar. No sé si estoy cumpliendo el objetivo de apegarme a los hechos pero ya no me importa. Las interpretaciones son del todo inevitables y, para serle franca, me niego a renunciar al inmenso placer que me produce hacerlas. Quizás, cuando por fin lo termine, este libro no sea, para mis padres y para mi hermano, más que una sarta de mentiras. Me consuelo pensando que toda objetividad es subjetiva. Es extraño, pero desde que empecé con esto, tengo la impresión de estar desapareciendo. No sólo me he dado cuenta de cuán incorpóreos y volátiles son todos estos sucesos cuya existencia, en la mayoría de los casos, no puede probarse en forma alguna; se trata también de algo físico. En ciertos momentos del todo impredecibles, las partes de mi cuerpo me producen una sensación de inquietante extrañeza, como si pertenecieran a una persona que ni siquiera conozco.

Cuando su obsesión en contra de la marihuana se apaciguó por fin, mi madre entró en campaña por una nueva causa que, una vez más, tenía que ver directamente conmigo. Tras confirmar con un médico que ya había rebasado la etapa de crecimiento (medía más o menos lo mismo que ahora), le pareció oportuno organizar el evento que había estado esperando durante diecisiete años: la operación de mi ojo derecho. Según me explicó, había ahorrado desde mi nacimiento para poder costear el precio de una cirugía en el mejor hospital de Estados Unidos, en cuanto a trasplante de

189

córneas se refiere. De acuerdo con sus investigaciones, ese hospital se encontraba en la ciudad de Filadelfia. Su idea consistía en llevarme allá en cuanto empezaran las vacaciones y esperar, instaladas ahí, a que hubiera un donante. Sin embargo, doctora, esos planes no tomaban en cuenta un factor de cierta relevancia: mi opinión. De modo que cuando –en vez de las palabras arreboladas de gratitud y consentimiento que ella esperaba oír– mis labios profirieron una tajante negativa, mamá se quedó sin habla. Aun así no se detuvo. Iba contra su naturaleza cruzarse de brazos en cualquier circunstancia y, por lo tanto, continuó con sus gestiones. De cualquier forma, yo era menor de edad y haría lo que ella dijera. La ley lo ordenaba así. Le expliqué para provocarla que a mí me gustaba mi aspecto de Cuasimodo y que quedarme con él era mi manera de oponerme al *establishment*.

–No digas estupideces –respondió ella–. Aquí no se trata de *establishment,* ni siquiera de aspecto, sino de recuperar la visión en uno de tus ojos. ¿Te has puesto a pensar qué harías si llegaras a perder el otro?

Ahora sospecho que detrás de todos mis argumentos revolucionarios se escondía una razón más poderosa: el miedo terrible al fracaso de esa posibilidad, es decir a que me operaran con resultados nulos o incluso desastrosos. Hay que admitir que mi madre hablaba desde la tribuna del sentido común. Por lo menos en nuestra escala de valores, la salud siempre ha estado antes que la belleza. Permitir que mi ojo se anquilosara por completo no sólo era echar por la borda los esfuerzos y los ejercicios de la infancia, el suplicio del parche, las gotas de atropina, sino renunciar al buen funcionamiento de mi cuerpo.

Terminé pues la *seconde* y viajé con mi madre a Filadelfia. Es el verano más caluroso que tengo en mi memoria, con temperaturas superiores a las de la canícula provenzal. Recuerdo la sensación que tuve al despedirme de mis amigos en el aeropuerto: cuando volviera habría dejado de ser la misma. Viajamos las dos solas. Dormiríamos en un hotel al principio y después, mientras esperábamos la fecha del trasplante, alquilaríamos un bonito departamento que ya teníamos reservado.

El médico con el que mi madre se había puesto en contacto desde México se llamaba Isaac Zaidman. Lo visitamos el día de nuestra llegada. Era un hombre mayor cuya barba blanca le otorgaba un aspecto de rabino. Me hizo el examen de rutina que yo conocía –y conozco– de memoria y preguntó las mismas cosas acerca de mi gestación y nuestros antecedentes genéticos sin encontrar respuestas convincentes. Asintió con optimismo cuando le explicamos todo lo que mi ojo se había ejercitado en la primera parte de la infancia y sugirió que me hiciera varios exámenes en aparatos especializados que yo nunca había visto, para medir la actividad de mi nervio óptico y la forma que tenía el cristalino. Nos explicó que la córnea podía tardar en llegar un par de semanas, pues lo más probable es que tuvieran que traerla de otra ciudad. Yo había escuchado hablar desde pequeña del asunto del trasplante pero, a pocos días de que se llevara a cabo, la perspectiva de coserme un pedazo de cuerpo ajeno no dejó de estremecerme. Mientras me realizaban los estudios, los médicos del laboratorio se mostraron positivamente entusiasmados. No cabía duda de que tanta estimulación durante la niñez había tenido efectos positivos en el desarrollo de mi ojo. El tiempo que tardaron en entregar los resultados de los exámenes, mi madre y yo paseamos por los museos de la ciudad. Había una exposición de Mondrian en el Museo de Arte. También vimos óleos hermosísimos de Paul Klee y las esculturas del Museo Rodin. Lo que más me gustó fue una visita que hicimos a la casa de Poe en Spring Garden, ahora sede del Edgar Allan Poe National Historic Site, tras la cual volví a leer las *Historias extraordinarias* y algunos poemas como «El cuervo», en lengua inglesa.

Visitamos la casa del escritor justo el día anterior a la cita definitiva con el médico y la combinación de esos dos eventos hizo que en la noche tuviera un sueño particularmente extraño. En ese sueño, yo entraba al quirófano y me quedaba despierta durante un largo rato. Mientras tanto, veía al doctor seccionar mi ojo derecho, muy despacio, con una navaja semejante a la que aparece en la película *El perro andaluz*. Una vez abierto, el médico extraía de mi globo ocular un objeto muy pequeño. Se trataba de una semilla roja, de no más de dos centímetros de largo, parecida a la de un frijol. En la parte de abajo, donde suele estar la juntura, la semilla tenía incrustada una escultura diminuta de marfil con la forma de un elefante blanco, tallada minuciosamente, que funcionaba como tapadera. Con un inmenso cuidado, los dedos largos y delicados del médico, ceñidos por el látex de los guantes, levantaban la escultura y extraían de la semilla un pequeño pergamino que alcancé a ver de lejos y en el que reconocí varias letras del alfabeto hebreo. Yo sabía que ese papel explicaba las razones por las cuales había nacido con aquella particularidad en el ojo y estaba ansiosa por que el doctor me las dijera. Sin embargo, en vez de leerlo, el hombre soltaba el pergamino, que se veía arrastrado irremediablemente por una repentina ráfaga de viento.

–Nadie, excepto Dios, tiene derecho a conocer la verdad –decía él, haciéndose merecedor de todo mi rencor y mi odio.

Al día siguiente, cuando llegamos al consultorio, el doctor Isaac Zaidman nos recibió con una gran sonrisa en los labios. Felicitó a mi madre por el resultado de los primeros análisis: gracias a los ejercicios, el nervio óptico funcionaba de maravilla y a pesar de todos los años en los que había dejado de usarlo. Sin embargo, lo referido al cristalino no era tan esperanzador. La retina parecía totalmente pegada a éste, lo cual complicaba mucho la extracción de la catarata. En pocas palabras, si cortábamos ahí, corríamos el riesgo de vaciar el ojo de su líquido y de convertirlo en una pasa. Por esos motivos, desaconsejaba por completo la operación. Miré instintivamente a mi madre. Cuando el médico pronunció estas palabras, su garganta se movió de manera muy notoria como si estuviera tragando un enorme hueso. Al despedirse, el doctor seguía sonriendo.

–Quizás volvamos a vernos –nos dijo con un tono de misterio en el marco de la puerta, y me guiñó el ojo de forma sobrentendida. Salí de ahí más inquieta por mamá que por mi futuro óptico. A pesar de nuestras dificultades constantes, me preocupaba hacerla infeliz. Temí que volviera a deprimirse y a llorar todas las tardes como había hecho durante una época a la que ya he hecho referencia, así que traté de paliar la noticia con mi mejor actitud, sin permitirme averiguar cuáles eran mis verdaderos sentimientos. Meses después, supe que el nombre de Isaac significa «el que ríe» y así es como recuerdo siempre al doctor, riéndose subrepticiamente, como había hecho el destino ese día con todas las expectativas que durante años habíamos centrado en aquel momento, con los ejercicios y las pomadas, con los ahorros de mi madre.

Mamá y yo pasamos los tres días siguientes de compras en la ciudad de Washington, despilfarrando alegremente parte de esos ahorros inútiles, en la más básica de las terapias femeninas para curar la frustración. Durante esos días visitamos también la Galería Nacional de Arte. Recuerdo en particular una gran exposición de retratos de Picasso y de Braque. Me fijé en aquellas mujeres asimétricas que ambos representaban y cuya belleza radicaba precisamente en ese desequilibrio. Pensé mucho en la ceguera como posibilidad. Pensé también en Antolina. Tras varios días de agotar las rebajas en los centros comerciales, volvimos a casa. No me equivoqué al pensar que no regresaría siendo la misma a la Ciudad de México. En esa semana y media tuvo lugar un cambio importante en mí, aunque no fuera perceptible de manera inmediata. Mis ojos y mi visión siguieron siendo los mismos pero ahora miraban diferente. Por fin, después de un largo periplo, me decidí a habitar el cuerpo en el que había nacido, con todas sus particularidades. A fin de cuentas era lo único que me pertenecía y me vinculaba de forma tangible con el mundo, a la vez que me permitía distinguirme de él.

También las cosas del exterior se modificaron radicalmente durante nuestra ausencia: la mañana de la segunda cita con el doctor Zaidman y sin ningún aviso previo, mi padre fue puesto en libertad. Aunque durante el viaje mamá llamó a casa de la abuela en varias ocasiones, nunca nos dijeron nada. Querían que fuera una sorpresa. Lo encontramos, al llegar, en la puerta del aeropuerto. No llevaba ningún bolso, maleta, mucho menos flores en la mano. Fue como una aparición. En su cara había una sonrisa infantil, sin rastros de convencionalismo. Esa sonrisa beata, un poco bobalicona, de quien acaba de recobrar la libertad y todavía no sabe qué hacer con ella. Su presencia ahí también era una broma del destino, como si su intención fuera decirnos que no todas las esperas tienen el mismo final.

Después de todo, doctora Sazlavski, las dudas no me dan tanto miedo. Poner en cuestión los acontecimientos de una vida, la veracidad de nuestra propia historia, además de desquiciante, debe tener algo saludable y bueno. Tal vez sea normal esta impresión continua de estar perdiendo el suelo, quizá sean las certezas que tengo sobre mí misma y las personas que me han rodeado siempre las que se están esfumando. Mi propio cuerpo, que desde hace años ha constituido el único vínculo creíble con la realidad, me aparece ahora como un vehículo en descomposición, un tren en el que he ido montada a lo largo de todo este tiempo, sometido a un viaje muy veloz pero también a una inevitable decadencia. Muchas de las personas y lugares que conformaban mis paisajes recurrentes han desaparecido con una naturalidad pasmosa y los que siguen ahí, de tanto acentuar sus neurosis y sus gestos faciales, se han convertido en la caricatura de quienes fueron alguna vez. El cuerpo en que nacimos no es el mismo en el que dejamos el mundo. No me refiero sólo a la infinidad de veces que mutan nuestras células, sino a sus rasgos más distintivos, esos tatuajes y cicatrices que con nuestra personalidad y nuestras convicciones le vamos añadiendo, a tientas, como mejor podemos, sin orientación ni tutorías.